W0271796

da de
Anc

Undead Unluck 2. Ne
Una pubblicazione di
Lavis – Trento. Distrib
UNDEAD UNLUCK © 2

First published in Japa
Italian translation rig
Edizione italiana © 2

Codice ISSN 2284-12

Undead Unluck 2 - Di

Amministratore deleg
Franchi, Enrico
Marchioni Redaz
linea grafica), **Sa**
Alessandro Nalli
Hanno collaborato

UNDEAD UNLUC
Per spese di spe

GUI

VERD
Adatto a un pu
di tutte le

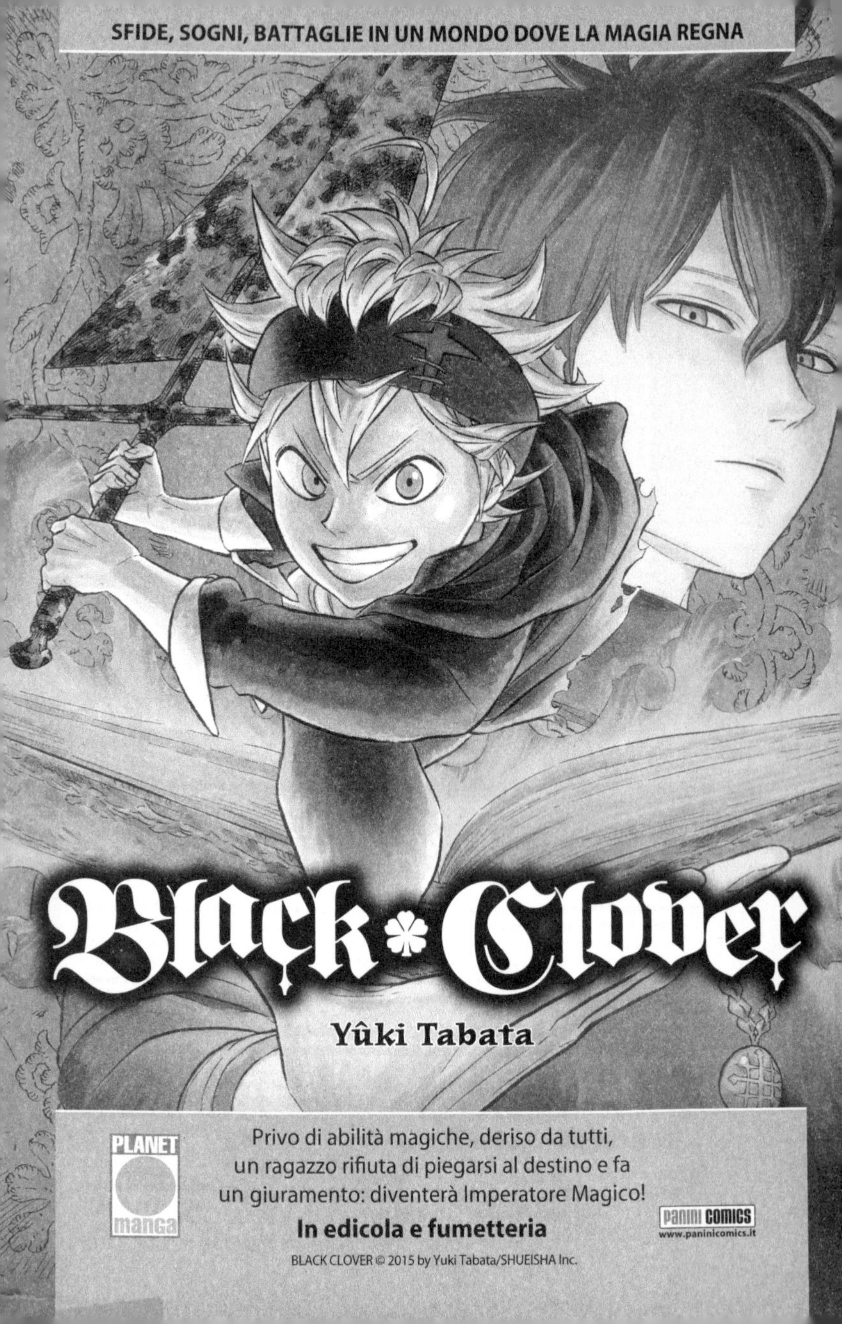

SFIDE, SOGNI, BATTAGLIE IN UN MONDO DOVE LA MAGIA REGNA
BLACK CLOVER
Yûki Tabata
Privo di abilità magiche, deriso da tutti, un ragazzo rifiuta di piegarsi al destino e fa un giuramento: diventerà Imperatore Magico!
In edicola e fumetteria
PLANET manga
PANINI COMICS
www.paninicomics.it
BLACK CLOVER © 2015 by Yuki Tabata/SHUEISHA Inc.

FOCUS GENNAIO 2022

PLANET manga

STAR WARS – REBELS 1 (di 3)

Sul pianeta **Lothal** un ragazzo di strada, **Ezra**, incontra cinque **ribelli** determinati a opporsi al **dominio dell'Impero**… In un adattamento manga, la **prima stagione** della pluripremiata **serie animata**. Dal 13 gennaio.

UNDEAD UNLUCK 2

I poteri di **Andy** e **Fuko** hanno attirato l'attenzione della **Union**. Come debellare la minaccia di **Undead** e **Unluck**? Semplice: **eliminando** due **Negator** della **squadra speciale** per prenderne il posto… Dal 13 gennaio.

CRUDELIA – NERO, BIANCO E ROSSO

In un **volume unico**, molte **sfumature inedite** di uno dei personaggi più squisitamente **arroganti**, **egocentrici** e **alla moda** mai ideati… nonché protagonista dello splendido film con **Emma Stone**. Dal 13 gennaio.

SING "YESTERDAY" FOR ME – AFTERWORD

Volume speciale che getta uno sguardo sul **futuro dei protagonisti** della serie appena conclusa. **Tre storie autoconclusive**, interviste a **Kei Toume** e al regista dell'anime, più altri **extra**. Dal 13 gennaio.

ASSASSIN'S CREED – VALHALLA: BLOOD BROTHERS

866 d.C.: **Ulf** e **Björn** partono per l'Inghilterra decisi a diventare **guerrieri** di **Ívarr il Senz'ossa** e ottenere la **gloria che agognano**… Un **volume unico** per i fan della saga videoludica di **Ubisoft**. Dal 20 gennaio.

20th CENTURY BOYS ULTIMATE DELUXE EDITION 2 (di 11)

Cos'aveva immaginato da piccolo? **Kenji** deve riuscire a **ricordarlo** per prevedere le mosse dell'**Amico** e impedire la **distruzione** del Giappone. L'**edizione definitiva** del capolavoro di **Naoki Urasawa**. Dal 20 gennaio.

TOUCH ME! 2 (di 2)

Niimi e **Sawane** sono stati sorpresi a baciarsi. Cosa succederà ora alla loro **relazione**? Ne **risentirà** o avrà la spinta per **sbocciare definitivamente**? Un emozionante e romantico ***boys' love***. Dal 20 gennaio.

COFANETTO BERSERK COLLECTION SERIE NERA 16/20

Sopravvissuto agli orrori dell'**Eclissi**, **Gatsu** continua la lotta contro gli infernali **Apostoli** e altri spaventosi avversari… Prosegue la **raccolta in cofanetto** del capolavoro di **Kentaro Miura**. Dal 27 gennaio.

RIUSCIREMO A RIPORTARE INDIETRO ANDY?!

UNDEAD UNLUCK 03

IN EDICOLA E IN FUMETTERIA TRA DUE MESI!

UNDEAD UNLUCK▶▶▶
NEXT VOLUME NOTICE!!!
ARRIVA VICTHOR!
DIECI...
...IN TUTTO, EH?
FATEMI VEDERE...
...COSA SAPETE FARE!
KRIK KRAK
BATTAGLIA CONTRO LA UNION AL COMPLETO!
LA NOSTRA ORGANIZZAZIONE...
...È FORTISSIMA!
FUKO PARTECIPA ALLO SCONTRO!
GRAB
AVRAI UN PIANO, SPERO...
DASH
...MOCCIOSETTA!

MUI

Età: 17 o 18, credo (scusate l'imprecisione)
Altezza: più meno come Fuko, credo
Peso: preferirei non dirlo
Hobby: cucina, addestramento
Abilità speciale: preparare cibo buono e salutare
Le piace: gli xiaolongbao cucinati insieme a Shen
Abilità: nessuna

L'unica sottoposta di Shen. Ogni membro della Tavola Rotonda ha una squadra di investigatori e combattenti al suo servizio, ma Shen ha solo Mui. Perciò, ogni volta che lui combina qualche guaio, lei sistema le cose e riordina pure il caos nato dalla trascuratezza con cui vive il suo capo. Pare che abbia un grande debito nei confronti di Shen, ma l'organizzazione non è al corrente dei dettagli. Siccome si allena con lui, è parecchio brava nelle arti marziali.
È riuscita a fare amicizia con Fuko, ma vedendo che Andy a volte è scortese con Shen, vorrebbe che non lo maltrattasse troppo... Sembra però che il suo capo si diverta, quindi immagina che l'amicizia tra uomini funzioni così.

SHEN

Età: segreto
Altezza: circa 1,85, credo
Peso: non mi peso, quindi non so
Hobby: addestramento
Abilità speciale: trovare subito le peculiarità altrui
Gli piace: la cucina di Mui (soprattutto gli involtini al vapore xiaolongbao)
Abilità: Untruth
External-targeting type ad attivazione forzata

Il suo potere si attiva soltanto contro i soggetti che gli piacciono. Nell'istante in cui guarda l'avversario, lo costringe a fare l'esatto contrario di ciò che pensa o vuole compiere. Siccome è un external-targeting type ad attivazione forzata, cerca di non guardare direttamente le persone che gli piacciono (Mui, Andy, Fuko, ecc.). Lo si vede spesso con un occhio chiuso perché, se batte le ciglia di entrambi gli occhi, l'azione del suo potere si interrompe, quindi si è abituato a chiuderne solo uno per volta.

DIECI...
...IN TUTTO, EH?
TI DICO IO...
SEI UN NOVELLINO CHE DÀ MOLTO DA FARE.
2 - Noi neghiamo (Fine)

...DOVRÒ CONTARE SU TUTTI VOI.

DMM
DMM
DMM
QUESTO È IL MASSIMO CHE POSSO FARE...
DO DOOM
...PER GUADAGNARE TEMPO ...
PER L'ALTRA... "VINCI CONTRO DI ME" ...
CRACK
CRACK
...È MORTIFICANTE, MA...
!
COLPO OTTUPLO...
DO-DO-DOOM
...DELLA MONTAGNA!

HO PERSO!
CHE GIORNATA MERAVIGLIOSA È OGGI! XIEXIE! (GRAZIE!)
COSÌ POTRÒ DIVENTARE PIÙ FORTE!
IN REALTÀ, VORREI COMBATTERE ANCORA, MA SONO DEBOLE!
SWIIRL
SWIIRL
INNANZITUTTO, DEVO MANTENERE LE DUE...
SWIIRL
...PROMESSE...
...CHE HO FATTO AL SIGNOR ANDY!
SWIIRL
UNA È...
SWIIRL
..."PROTEGGI LA MOCCIOSA".

SEI SICURO DI VOLERMI LASCIAR MORIRE PRI-MA DI TE?!
TORNA INDIETRO, ANDY!!
...
IDIOTA...
LE REGOLE SONO AS-SOLUTE.
QUALSIASI COSA AC-CADA...
MAH, CHISSÀ?
DURANTE LA BAT-TAGLIA CONTRO SPOIL...
...HO VISTO IL POTEN-ZIALE DELL'ES-SERE UMANO!

HAI SENTITO, ANDY?!
QUESTO QUI STA PER UCCIDERMI!
MA DA QUI... DA QUI IN AVANTI...
...POTREMMO ANDARE IN TANTI ALTRI POSTI, FARE TANTE COSE... POTREI INNAMORARMI...
...E CI SONO COLPI DI SFORTUNA ANCORA PIÙ INCREDIBILI CHE CI ASPETTANO...!!

PRODUCE COLPI DI SFORTUNA CON IL CONTATTO FISICO...
LA POTENZA DELL'ATTACCO DIPENDE DAL GRADO DI AFFETTO VERSO IL BERSAGLIO.
METEORITI... VULCANI... PATETICO.
TU PENSI CHE UNA REGOLA DEL GENERE POSSA FARMI MORIRE?
CRICK
MI CHIEDEVO COSA STESSI FACENDO MENTRE MI AVEVI RINCHIUSO...
RASSEGNATI.
TU NON PUOI UCCIDERMI.
OPPURE, COSA...?
CRACK
SE ADESSO QUESTA QUI MORISSE...
...TI DISPERERESTI?
WUSH
...!!

TMP
TMP
TMP
TMP
TMP
BRUT-TO...!!
TOUCH
?!
OH...?
PER-CHÉ LA SFOR-TUNA NON...?
MUI-CHAN...
...MANDA... UN MES-SAGGIO PER ME...
THROB
THROB
CA-PI-SCO ...

HAI DEI BUONI RIFLESSI.
BLAM
BLAM
TE LA CAVI BENE...
...PER UNO CHE HA UNA VITA SOLA.
BLAM
BLAM
S...
SIGNOR SHEN!
GOOD LUCK
STUMPF

È COSÌ FORTE CHE I SUOI ARTI SI SPEZZANO A OGNI COLPO...
BREAK
CREAK
TWHACK
CREAK
NESSUN UMANO SAREBBE CAPACE DI UN SIMILE ATTACCO...!
CRIK
L'ISTINTO DI CONSERVAZIONE DEGLI ESSERI UMANI LI COSTRINGE A PORSI UN LIMITE A LIVELLO INCONSCIO...
...MA LUI RIESCE A DISINNESCARLO...?!

NON IL DIO THOR.
WHACK
CRACK
CO ...?!
BRAK
IL MIO POTERE È ATTIVO!
DOOM
AVEVO PURE PREVISTO LA TRAIETTORIA...
...E PARATO IL COLPO, EPPURE...
CHE POTENZA INCREDIBILE!!
WHAP
WHOOSH

...
TOGLITI DI MEZ-ZO.
PIACE-RE...
...VICTHOR, DIO DELLA VITTORIA.
NON SO DA CHI HAI SEN-TITO QUEL NOME...
...MA IO SONO L'UOMO CHIAMATO VICTOR.
SWISH

SEMBRA CHE...
...ABBIANO MESSO INSIEME UN GRUPPO UN PO' PIÙ DECENTE.
COME DIRE... PIÙ CHE AVER RECUPERATO LA MEMORIA...
...SEMBRA PROPRIO UN'ALTRA PERSONA...
GAAH...!
IDIOTA... ORMAI NON C'È PIÙ POSTO PER TE...!
SPRECHI LA VITA SENZA FAR NIENTE...
RASSEGNATI! TANTO, QUALSIASI COSA TU FACCIA, IO NON POSSO MORI...
AH...
ZASH
È COLPA TUA...
GOOD LUCK
EXTERNAL-TARGETING TYPE... UNLUCK.
ZASH

MUI-CHAN, ABBIAMO IL CORE.
RECUPERALO.
RICEVUTO.
BIP
BASH
STA' INDIETRO, FUKO-CHAN.
CHE MESE E CHE ANNO È ADESSO?
...
AGOSTO 2020...
CHE GIORNO DELLA SETTIMANA?
GIORNO DELLA SETTIMANA? DI CHE STA PARLANDO?
CAPISCO...

...
OH!
ECCO-LO!!
WHOOOSH
ANDY?!
SKRAMM
STATE INDIE-TRO!
SI!
BSSSH
GGAH...
GAH...
GWRRL
GWRRL

BENE.
VOGLIA-
MO...
GWRRRL
GAH...
...DIVER-
TIRCI UN
PO'?

GWIRRL
OGNI DITO HA RIGENERATO ...
...UN CORPO INTERO ...?!
1865

DIVISION BULLET!
FIUN
DO-DOOM

ZASSH
...NESSUNA REGOLA...
GWAM
...PUÒ TENERMI LEGATO.
GRK...
COS'È QUELLA VELOCITÀ DI RIGE-NERAZIO-NE...?!
DEVO...
KCH
...TIRARTI FUORI IL CORE.
CRACK

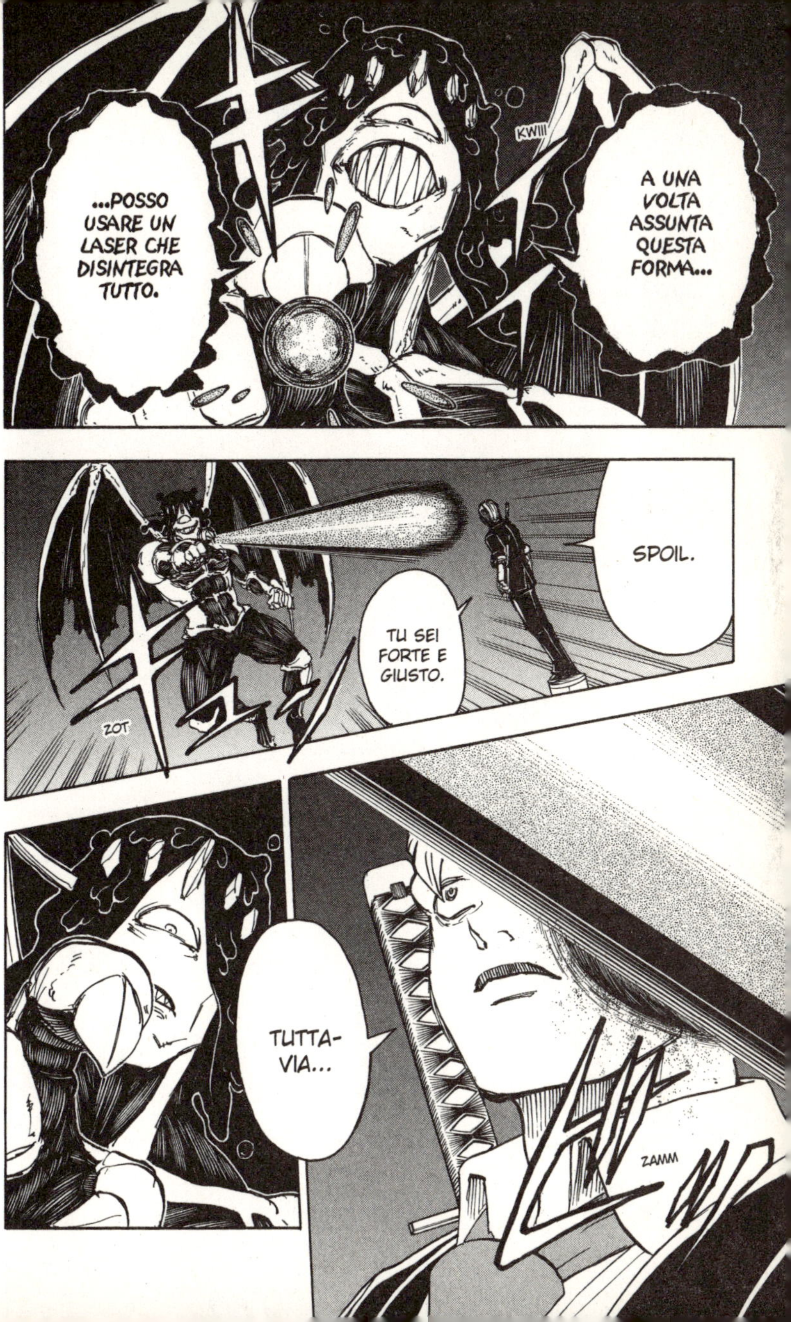
A UNA VOLTA ASSUNTA QUESTA FORMA...
KWIII
...POSSO USARE UN LASER CHE DISINTEGRA TUTTO.
SPOIL.
TU SEI FORTE E GIUSTO.
ZOT
ZAMM
TUTTA-VIA...

...L'UOMO CHE HA PORTATO LA VITTORIA...
...IN INNUMEREVOLI CAMPI DI BATTAGLIA?
THROB THROB
CAPISCO... CREDEVI CHE NEL VUOTO...
...AVRESTI BLOCCATO IL MIO POTERE...
...EH, UNDEAD?

GWIIII
?!
MA QUELLA NON È LA CARTA CHE AVEVA CONFICCATA IN FRONTE ANDY...?!
L'HA TOLTA?!
MA SE HA DETTO CHE SAREBBE ANDATO FUORI DI TESTA...!
GWIIII
LO SO.
TU NON SEI CURIOSA, FUKO-CHAN?
DI VEDE-RE...
...

No.016 Victhor

No. 012

* JUMP

No. 013

No. 014

** BONE COLLECTION

GWOOOM
KID
BWUSH
SARÀ MEGLIO CHE VINCI.
ZHI-DAOLE. ♪
(RICEVUTO.)

MUI-CHAN...
...DAL-L'ALTO RIESCI A VEDERE DOVE SI TROVA SPOIL?
FLIP
SISSI-GNORE... È NASCOSTO DIETRO LA CORTINA DI FUMO, E STA COMPRIMENDO UNA MASSA D'ENERGIA NON IDENTIFICATA!
BATTETE IN RITIRA...
DAMMI LA POSIZIONE ESATTA.
...!!
COORDINATE [redacted]!
SENTITO, SIGNOR ANDY?
A-AH... LO VEDO.
IL RESTO LO LASCIO A LEI, ALLORA.
EH?! SCUSI, MA DOVE...?
KIIIN
SHEN-ZHAN! (ALLUNGATI!)
AH?

IO POSSO TRASPORTARE SIA LEI CHE SPOIL FIN LASSÙ...
...SA, SIGNOR ANDY?
MA, DATO CHE VIAGGERETE INSIEME, FINCHÉ NON ARRIVA NELLO SPAZIO...
...DOVRÀ RESISTERE ALLA DECOMPOSIZIONE...
CHE NE DICE DI TOGLIERSI LA CARTA?
IL VECCHIO LEI CE LA FAREBBE, NON CREDE?
...
...
CI STO...
SMIRK
MA A UNA CONDIZIONE.

...
FUKO-CHAN, VAI PIÙ INDIETRO! QUELLO LÀ STA TRAMANDO QUALCOSA!
FUKO-CHAN!
!
SIGNOR SHEN!
CHE NE DICE DELLO SPAZIO?!
LO SPAZIO È VUOTO, NON C'È ACQUA, LA MATERIA NON PUÒ MARCIRE...
NON POTREMMO USARE L'UFO DELL'ORGANIZZAZIONE PER PORTARCELO...?
AH... PERÒ, NEMMENO NOI POSSIAMO SOPRAVVIVERE LASSÙ...
CAPISCO...
LO SPAZIO, SENTITO?
COSA VUOLE FARE?

BWOOSH
KYAAAH!
HA DISTRUTTO LE CASE...
CAPISCO...
UNA CONTRO-MISURA PER IL MIO POTERE! JINGCAI! (SPLEN-DIDO!)
VUOLE USARE LA POLVERE PER OSTRUIRMI LA VISTA...!
AHIO ...
SWISH SWISH
MH...?

!
CRAACK
SQUELCH
EEEH...?
UH UH!
CHE SCE-MO!
!
AIUT!
FIUUUUH

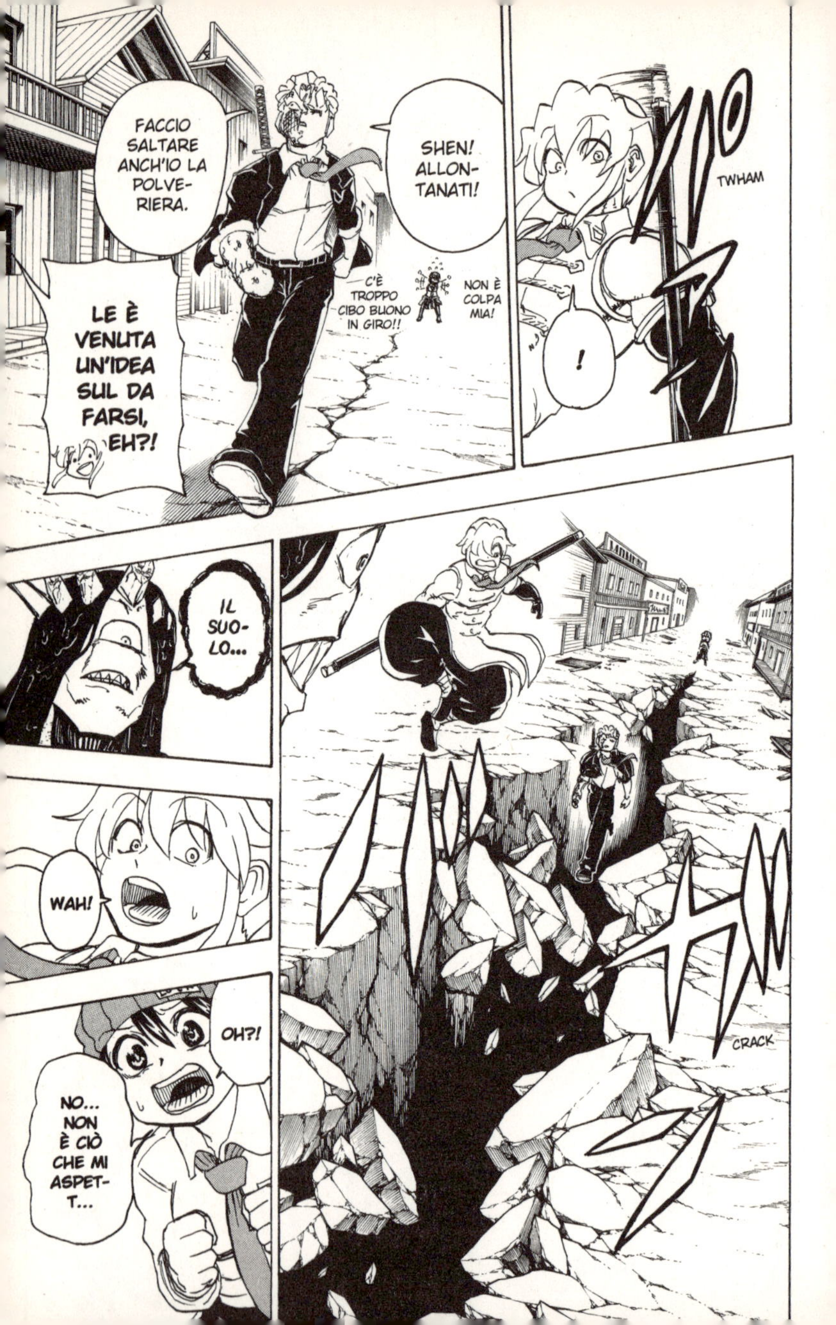

FACCIO SALTARE ANCH'IO LA POLVERIERA.
LE È VENUTA UN'IDEA SUL DA FARSI, EH?!
SHEN! ALLONTANATI!
C'È TROPPO CIBO BUONO IN GIRO!!
NON È COLPA MIA!
TWHAM
!
IL SUOLO...
WAH!
OH?!
NO... NON È CIÒ CHE MI ASPETT-T...
CRACK

WHACK
BLOCCARE IL SUO POTERE DI DECOMPOSIZIONE...
COME POSSIAMO FARE?
COFFEE
LA DECOMPOSIZIONE È CAUSATA DAI BATTERI NELL'ARIA.
E I BATTERI HANNO BISOGNO D'ACQUA.
SE RIDUCESSIMO LA PRESENZA D'ACQUA NELL'ARIA ...?
BENE!
PROVIAMO A SCATENARE QUALCHE ALTRA ESPLOSIONE QUI INTORNO!
AAAAH!
SQUISH
SQUIZ
EHI!
PERCHÉ MI PIZZICHI LA PANCIA?!
COME PERCHÉ...? CE L'HAI.
N... NON HO LA PANCIA!!
WHAP
COME NO...? BELLA TONDA!

UN TRUTH
NON VERITÀ
A SHEN...
...FINALMENTE PARE CHE...
...DEVE PIACERE L'OBIET-TIVO.
...RIUSCIRÒ A INCON-TRARLO!

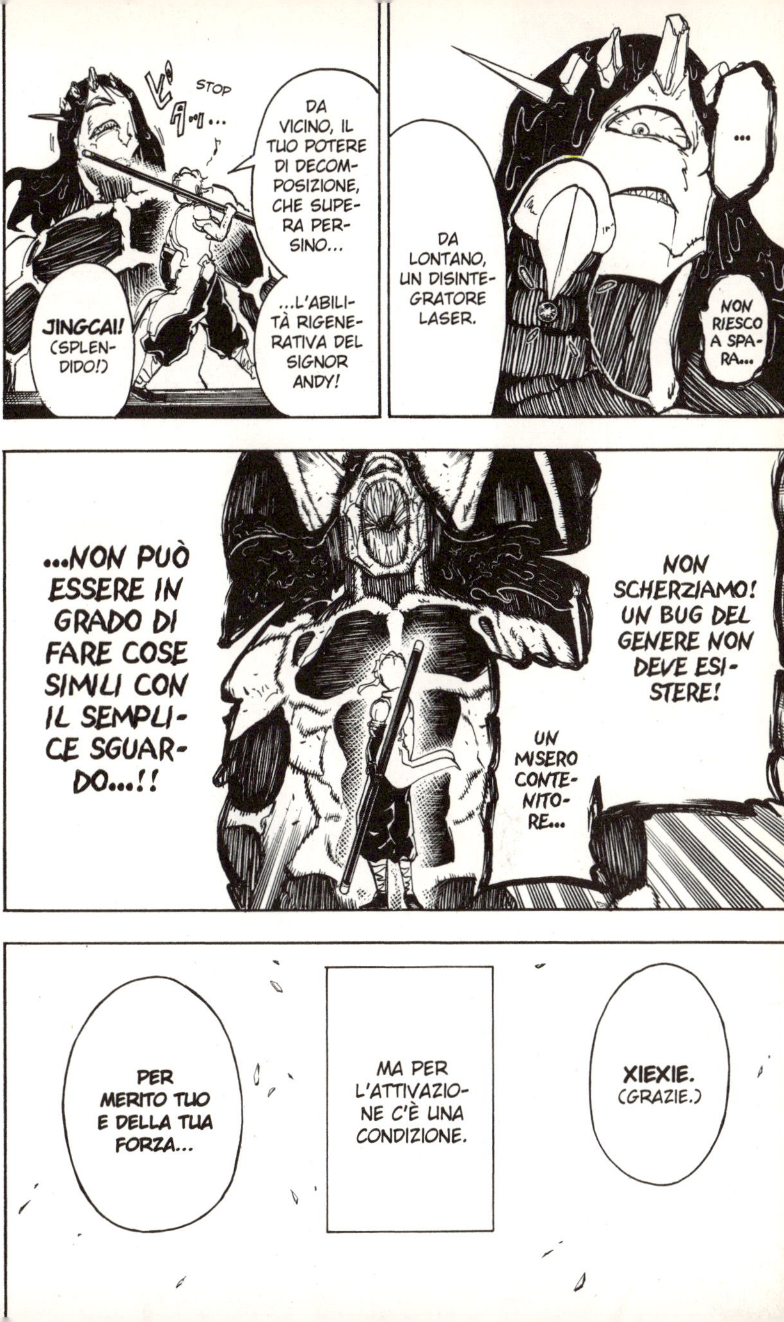
DA LONTANO, UN DISINTEGRATORE LASER.
...
NON RIESCO A SPARA...
DA VICINO, IL TUO POTERE DI DECOMPOSIZIONE, CHE SUPERA PERSINO...
...L'ABILITÀ RIGENERATIVA DEL SIGNOR ANDY!
STOP
JINGCAI! (SPLENDIDO!)
NON SCHERZIAMO! UN BUG DEL GENERE NON DEVE ESISTERE!
UN MISERO CONTENITORE...
...NON PUÒ ESSERE IN GRADO DI FARE COSE SIMILI CON IL SEMPLICE SGUARDO...!!
XIEXIE. (GRAZIE.)
MA PER L'ATTIVAZIONE C'È UNA CONDIZIONE.
PER MERITO TUO E DELLA TUA FORZA...

SHEN! COME SI FA A CATTURARE QUESTO TIPO DI UMA?!
MENO MALE, STA GUARENDO...
CHE FACCIAMO, DOPO CHE L'HAI INDEBOLITO?!
TWHACK
DENTRO IL SUO CORPO DOVREBBE ESSERCI IL CORE*!
* "NUCLEO", IN INGLESE. N.D.T.
VORREI TIRARLO FUORI, MA QUALSIASI ESSERE VIVENTE MARCISCE, SE SI AVVICINA...
CRACK
WHACK
BAM
SE CI FOSSE IL MODO DI BLOCCARE IL SUO POTERE...
KWIIII
INSOMMA, VEDI DI...
...PIANTAR...
MMH...
BLINK
ぱっ

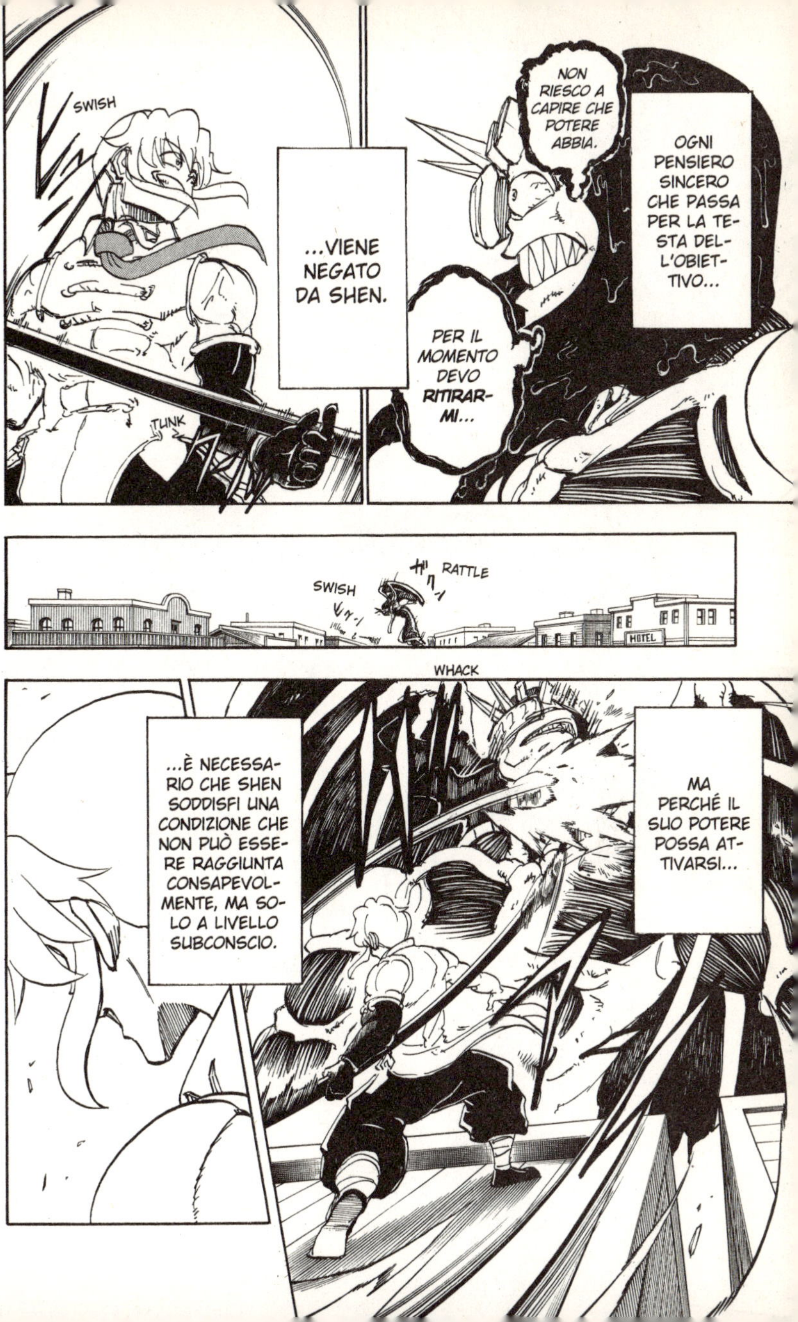
OGNI PENSIERO SINCERO CHE PASSA PER LA TESTA DELL'OBIETTIVO...
NON RIESCO A CAPIRE CHE POTERE ABBIA.
PER IL MOMENTO DEVO RITIRARMI...
...VIENE NEGATO DA SHEN.
SWISH
TUNK
RATTLE
SWISH
HOTEL
WHACK
MA PERCHÉ IL SUO POTERE POSSA ATTIVARSI...
...È NECESSARIO CHE SHEN SODDISFI UNA CONDIZIONE CHE NON PUÒ ESSERE RAGGIUNTA CONSAPEVOLMENTE, MA SOLO A LIVELLO SUBCONSCIO.

IN VERITÀ...
...AVRESTI VOLUTO SCHIVARE, EH?!
SHIVER
IL POTERE DI SHEN HA EFFETTO SU UN OBIETTIVO ALL'INTERNO DEL SUO CAMPO VISIVO...
...E LO COSTRINGE A COMPIERE **L'AZIONE CONTRARIA** A QUELLA CHE INTENDEVA FARE.
BAR.

SWISH
NON PENSARE DI CONTI-NUARE A...
SBRÄANG
...COL-PIR...
CHE DIAVOLO È...?! PERCHÉ...
...IL MIO CORPO...
...SI AVVICINA DA SOLO ...?!
POVERINO...

WHACK
L'ARTIFACT NYOI KINKO...
...RITROVATO IN CINA...
...È UN BASTONE CHE SI PUÒ ALLUNGARE E ACCORCIARE A PIACIMENTO.
SWISH
SWISH
TMP
TMP
TMP
DANNATO...

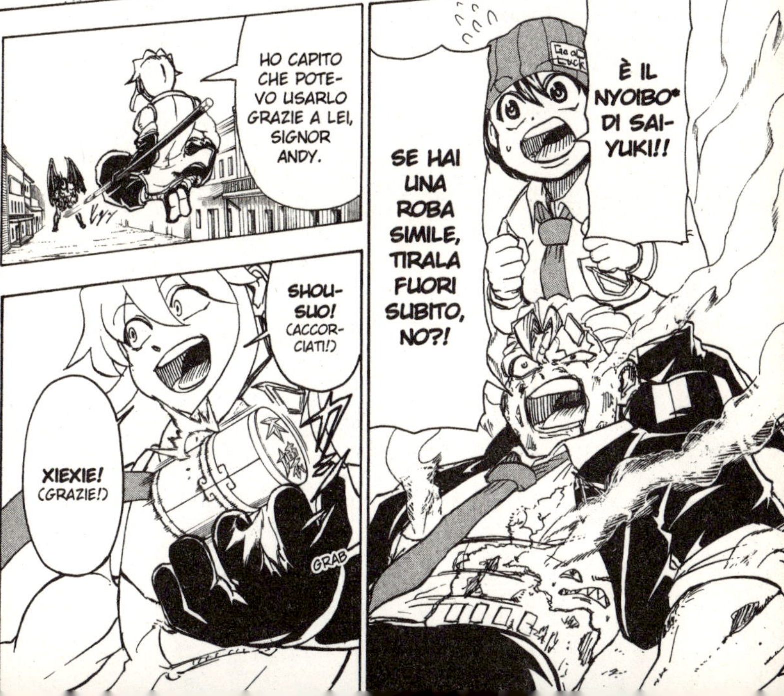

* SOPRANNOME GIAPPONESE DEL BASTONE DORATO NYOI KINKOBO DI SON GOKU, LA SCIMMIA PROTAGONISTA DELLA LEGGENDA CINESE "IL VIAGGIO IN OCCIDENTE" ("SAIYUKI", IN GIAPPONESE). N.D.T.

SWISH
SWISH
POCO FA HA AVVICINATO IL VISO A FUKO-CHAN...
CREDO CHE SIA PROTETTO DA UN CAMPO DI DECOMPOSIZIONE CHE PARTE DAL PETTO!
PERCIÒ FUKO-CHAN, CHE ERA AL SUO ESTERNO, SI È SALVATA!
...MA LEI NON È MARCITA!
MA, UNA VOLTA RETRATTO IL COLLO...
...NON HA PUNTI DEBOLI!
PERÒ, CON QUESTO ARTIFACT...
NYOI KINKO...!!
SHEN-ZHAN! (ALLUNGATI!)
?!
TWING
THUMP

TWHACK
SIGNOR SHEN!
SHEN!!
NON AVVICINARTI TROPPO! MARCIRAI!
NON SI PRE-OCCUPI, SIGNOR ANDY!
PIÙ O MENO HO CAPITO!

No.015
Truth

* JUMP - GRANBLUE

No. 014

SWISH
SWISH
BELLISSIMO, FUKO-CHAN!
WHAP
A PROPOSITO, IL MIO SOGNO È...
TWHACK
* INDISTRUTTIBILE
...DI DIVENTARE...
...IL PIÙ FORTE AL MONDO!!

GOOD LUCK
IL MIO SOGNO È...
...DI DIVENTARE UNA RAGAZZA NORMALE...
...RAGGIUNGERE IL MASSIMO DELLA FELICITÀ, POI MORIRE!
FINO AD ALLORA...
...QUALSIASI COSA ACCADA...
...NON MI ARRENDERÒ MAI!!
IL TIMER È...
BELLO ...!

LE PERSONE VIVONO CON IL CORPO CHE HANNO DALLA NASCITA...
...TROVANDO E PERSEGUENDO I LORO SOGNI, GRANDI O PICCOLI CHE SIANO.
NON ESISTE CHE TE LI LASCIAMO DISTRUGGERE...
...CON LE REGOLE CREATE DA TE!
ANCHE SE IL MIO CORPO DOVESSE MARCIRE...
...A CAUSA DI UN TUO CAPRICCIO...
Luck
...FINCHÉ HO IL MIO SOGNO...
...IL MIO CUORE NON MARCIRÀ!!

PRIMA DELLA MIA NASCITA, IL MONDO ERA ORRIBILMENTE STAGNANTE.
TUTTO DIVENTAVA SEMPRE PIÙ BRUTTO, SENZA APPASSIRE...
MA IO L'HO CAMBIATO.
COSÌ LE FORME DI VITA HANNO INIZIATO A LOTTARE PER VIVERE PIÙ A LUNGO, E SI SONO EVOLUTE...
È UNA REGOLA NECESSARIA.
SOLTANTO GLI UMANI RIFIUTANO DI ACCETTARMI, MI CONSIDERANO MALVAGIO E MI ODIANO...
PERCHÉ...? ANCHE VOI FATE PARTE DELLA NATURA...
...
PERCHÉ SIETE COSÌ ATTACCATI A UN CORPO CHE NON DURA NEMMENO CENT'ANNI?
PERCHÉ ABBIAMO DEI SOGNI.

UN DEATH NEGATOR...?
FASTIDIOSO, MA...
...NELLE SUE CONDIZIONI, IL POTERE RIGENERATIVO NON RIUSCIRÀ A SUPERARE LA VELOCITÀ DI DECOMPOSIZIONE...
E VOI DUE STATE ASPETTANDO DI MARCIRE...?
SIATEMI GRATI!
GRAZIE ALLA MIA NASCITA, AL MONDO È STATO AGGIUNTO IL BELLISSIMO CICLO DELLA VITA E DELLA MORTE...
...E ORA VE LO GUSTERETE MENTRE SIETE ANCORA VIVI...
GOOD LUCK
SIGNOR ANDY, MI ALLONTANO UN MOMENTO!
SIGNOR SHEN?!
È INUTILE, ANCHE SE TENTI DI SCAPPARE FUORI DALLA ZONA D'AZIONE...
...IL TIMER NON SCOMPARIRÀ...
UH UH...

WHAM
WHAM
WHAM
WHAM
WHAM
WHAM
WHAM
WHAM
BASTA AVVICINARSI PER MARCIRE...?!
È IL POTERE DELLA FASE DUE!!

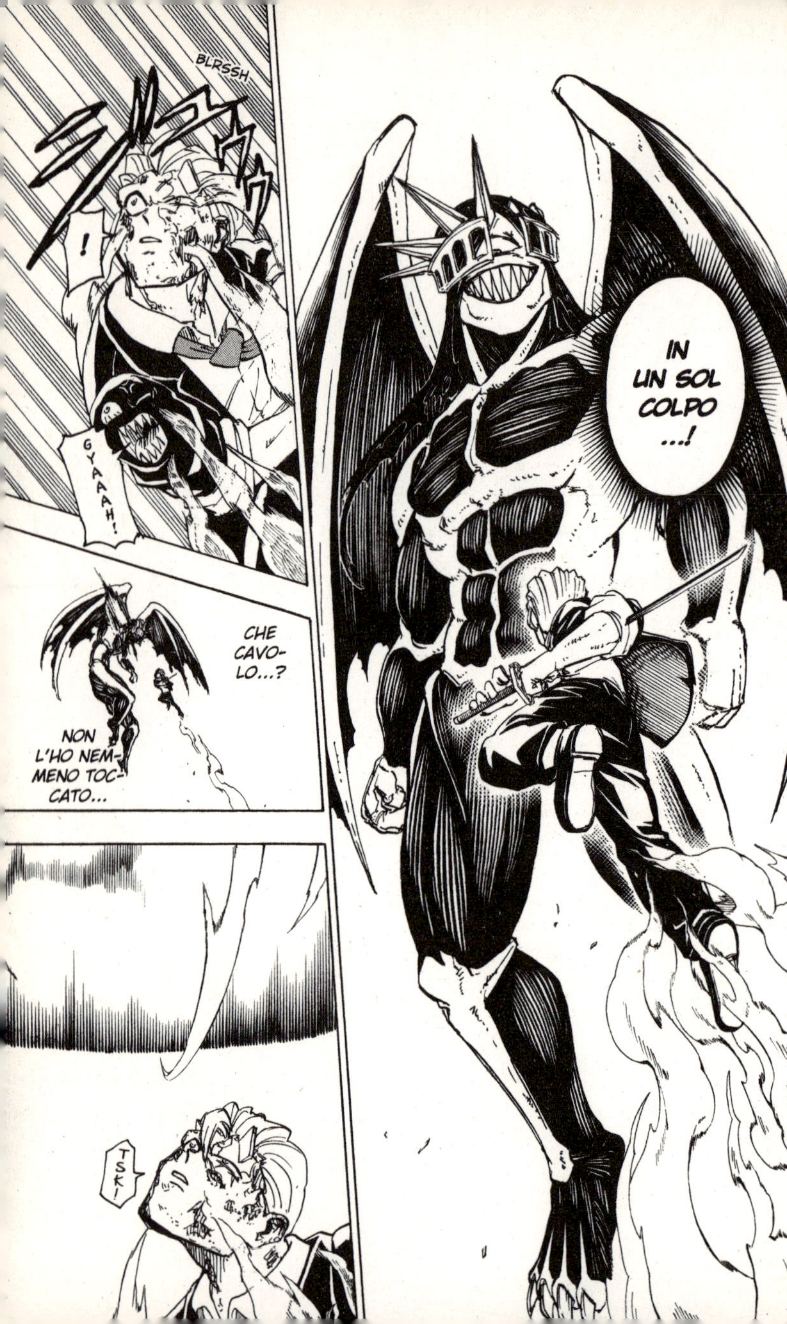
BLRSSH
!
GYAAAH!
IN UN SOL COLPO ...!
CHE CAVOLO...?
NON L'HO NEMMENO TOCCATO...
TSK!

ZASSSH
!!
AAAH! UFFA! ERA FATTO SU MISURA!!
ZACK
ZASSH
QUANDO LO TOCCHI, MARCIS... ANZI, TI DISINTEGRI...
SEMBRA CHE FUNZIONI COSÌ SU PARTI SINGOLE DEL CORPO...
SE COLPISCE UN ORGANISMO VIVENTE, È LA FINE ISTANTANEA.
SE LO SCONTRO SI PROTRAE A LUNGO, SAREMO IN SVANTAGGIO...
ALLORA...
SPROING

KWIIIII
...COME FATE A
NON CAPIRLA?!
BEAM
?!

LA STRUTTURA COLPITA DA QUEL RAGGIO LASER È STATA DISTRUTTA!
NON HANNO ANCORA FINITO?!
È ANCORA PIÙ PERICOLOSO DELLA REGOLA DEL "MARCIRE"!
NON DOVETE FARVI ASSOLUTAMENTE COLPIRE!!
SENTITO?
...
ARRIVA.
WHAP
PERCHÉ VI RIBELLATE...?
NASCERE...
...MARCIRE...
FLAP
...TORNARE ALLA TERRA...
LA BELLEZZA DI TUTTO CIÒ...
FLAP

KINGROCK
TRE CONTENITORI UMANI... DUNQUE È UNA QUEST...
DANNATO APOCALYPSE... CHE SECCATURA...!
HA SPARATO... ALL'INDIETRO?!
XIEXIE. (GRAZIE.)
NALI NALI. (DI NIENTE.)
MASTER SHEN!

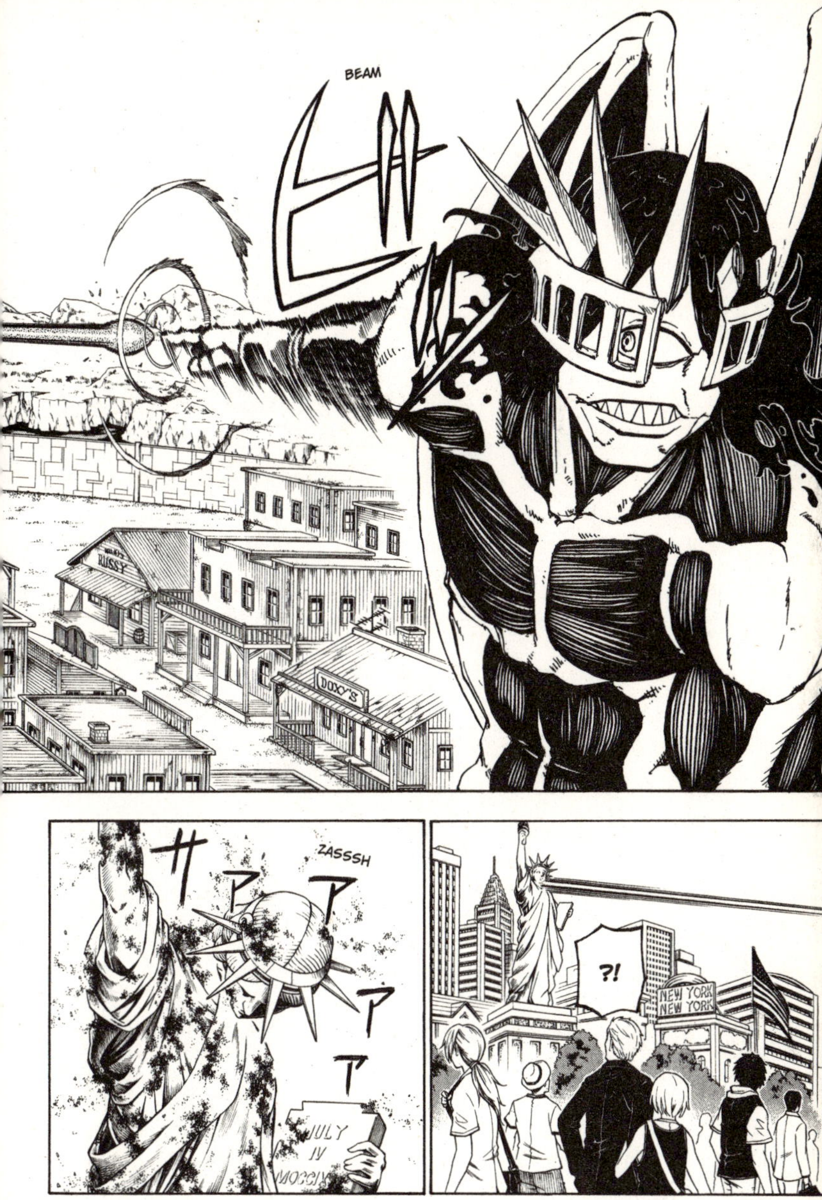
BEAM
RUSSY
DOXY'S
?!
NEW YORK
NEW YORK
ZASSSH
サアアア
JULY
IV

IL CORPO PRINCIPALE PUÒ FAR MARCIRE QUANDO VUOLE QUALSIASI MATERIA ORGANICA, ESCLUSI GLI ESSERI VIVENTI.
PER QUESTI ULTIMI, C'È UN TIMER, CHE DEVE RAGGIUNGERE LO ZERO, O NISBA...
ALLORA QUELLA CONDIZIONE, DA QUESTO MOMENTO IN POI...
...NON SARÀ PIÙ COSÌ RIGIDA.
KWIIII
È PASSATO ALLA FASE DUE!

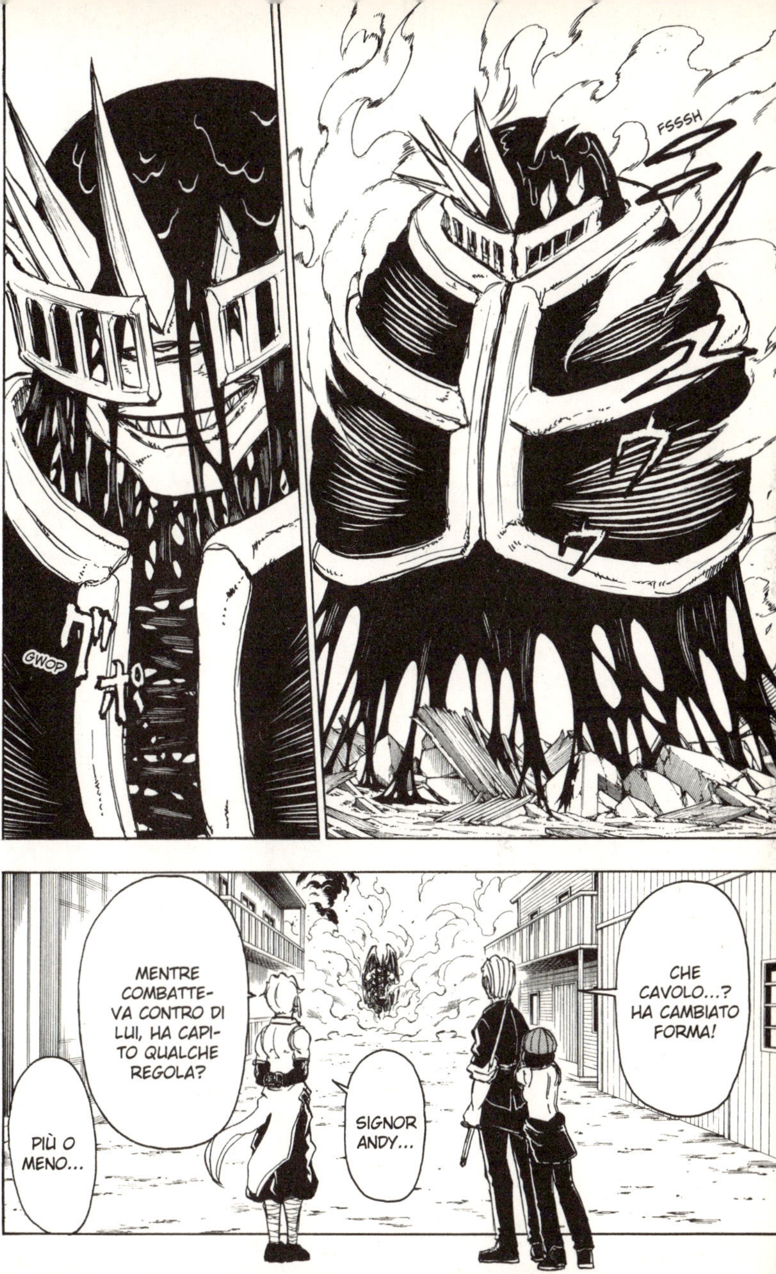
FSSSH
GWOP
CHE CAVOLO...? HA CAMBIATO FORMA!
SIGNOR ANDY...
MENTRE COMBATTE-VA CONTRO DI LUI, HA CAPI-TO QUALCHE REGOLA?
PIÙ O MENO...

GWOOOOOOOO
MA COS'È...?! STA RISUCCHIANDO GLI ZOMBIE...
OOOOOOH
CRACK
CRACK
BLUURG
THU-THUMP

BOOM
BOOM
BOOM
BOOM
BOOM
KABOOM
BELLO!
BELLISSIMO, SIETE DEI GRANDI!!
I-I-I-I-H!!
SIGNOR ANDYYY! SIAMO NEI GUAI!!
AH?
SIAMO FINITI VITTIME DELLA MALE-DIZIONE PURE NOI...
E... EHM, IL SIGNOR SHEN NON C'ENTRA! SONO STATA IO CHE...
SE NON FACCIAMO QUALCOSA IN FRETTA...
...
PAZIENZA, INVECE DI CATTURARLO, LO FACCIAMO FUORI!
NO! SE FALLIAMO LA QUEST, GLI ALTRI SE LA PRENDE-RANNO CON ME!!
FLOAT
?!

FORZA, VENITE!!
AAH...
AAAAH...
TRMP
TRMP
TRMP
TOUCH
TOUCH
TOUCH
TOUCH
TOUCH
TOUCH
KKH...
GAH!
TOUCH
TOUCH
ZAMM
SBONK
TOUCH

KABOOOM
MOVIE
CRACK
CRACK
MAE-STRAA!!
STA' INDIETRO, È PERICOLOSO!
...
È DEBOLE...

No.014
Dream

* ARRIVO DA TE

* UXU - UNDEAD & UNLUCK

ANNUNCIO VENDITA (SU TWITTER)

ANNUNCIO RISTAMPA (SU TWITTER)

BOOM
KABOOM
DIAMOGLI ADDOSSO!
TUTTA LA CITTÀ CONTRO DI LUI!
GUERRA TOTALE!!

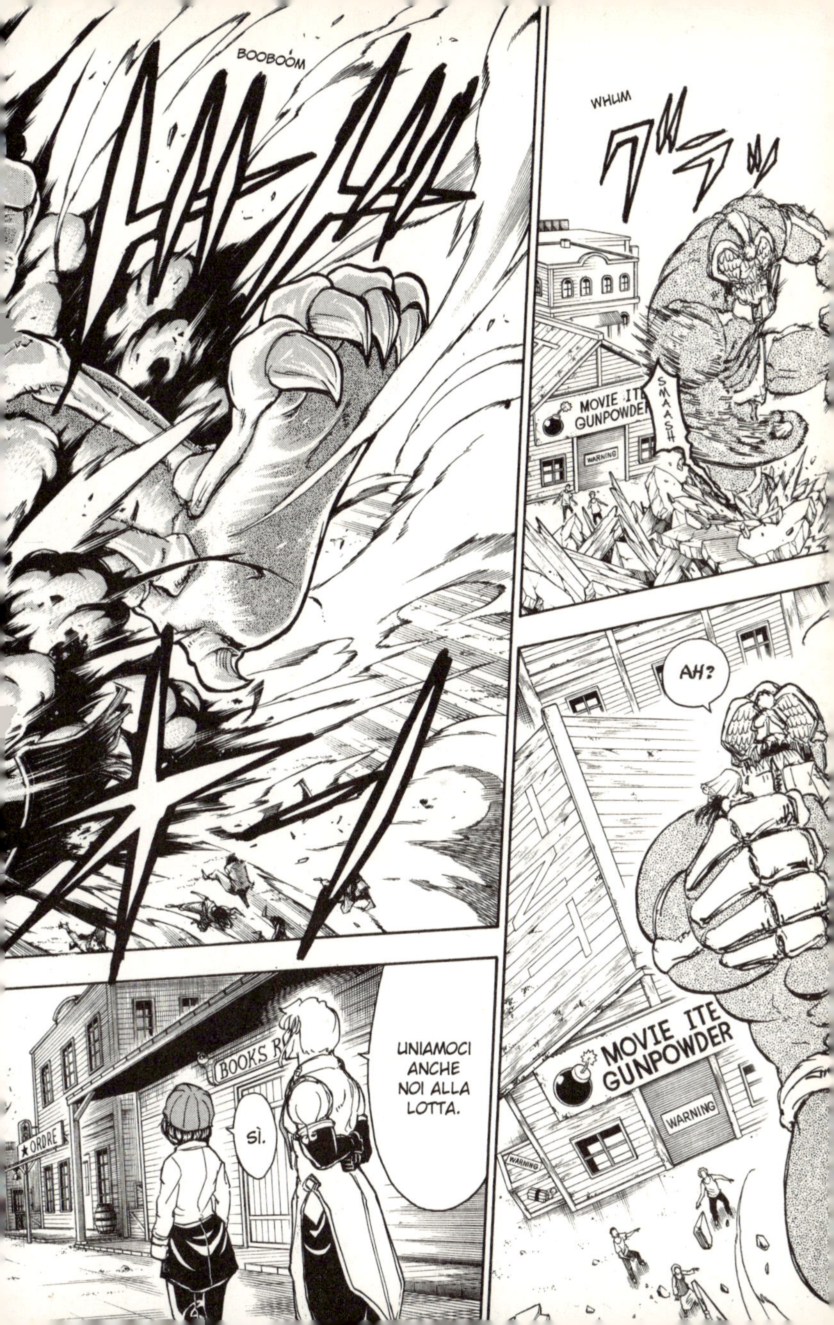
WHUM
SMAASH
MOVIE ITE GUNPOWDER
WARNING
AH?
MOVIE ITE GUNPOWDER
WARNING
WARNING
BOOBOOM
UNIAMOCI ANCHE NOI ALLA LOTTA.
SÌ.
BOOKS R
ORDRE

DASH
MAESTRA!!
ARRI-VA...
E SARÀ BELLA GROS-SA...
...LA SFOR-TUNA!
GRAN-DE...
SEI PROPRIO LA MIA SPOSA!

SQUEEZE
HO CAPITO...
SQUIZ
MAESTRA ...?
COSA C'È...?

CIURMA, CAMBIO DI STRATEGIA!
FACCIAMO UNA PICCOLA SORPRESA AL NOSTRO AMICO!
APRITE BENE LE ORECCHIE! VEDETE QUELLA MOCCIOSA COL BERRETTO ROSSO?
EH?!
TOCCATELA!!
NELL' ISTANTE IN CUI LA TOCCHERETE, DIVENTERETE BOMBE AMBULANTI!
DOVRESTE RIUSCIRE A FARE PIÙ DANNI AL NEMICO DI QUANTI NE ABBIA RICEVUTI FINORA!
M... MA COSA DECIDI SENZA CONSULTARMI...?!
NEMMENO GLI ZOMBIE VORREBBERO...

TMP
TMP
TMP
TMP
TMP
TUTTO BENE?
SÌ...
MA HO TOCCATO...
CREAK
... QUELLO... ZOMBIE...
DINER
AAH...
CRASH
STUNF
HO CAPITO.

VI AFFIDO LA MIA SPOSA! NON ABBIAMO ANCORA FINITO LA CERIMONIA!
A-AH! HA TROVATO IL VESTITO, EH? SONO CONTENTO.
OH! LA RAGAZZA DI PRIMA!
MAESTRA?!
RAGAZZI, C'È LA MAESTRA!!
...?!
LEI È...
DAVVERO?! SUL SERIO?!
SEI SANA E SALVA, MAESTRA!!
TI SEI FATTA MALE AL BRACCIO! TE LO BENDO!
AH...
EH?
G...
GRAZ...
...
MA COME ...?

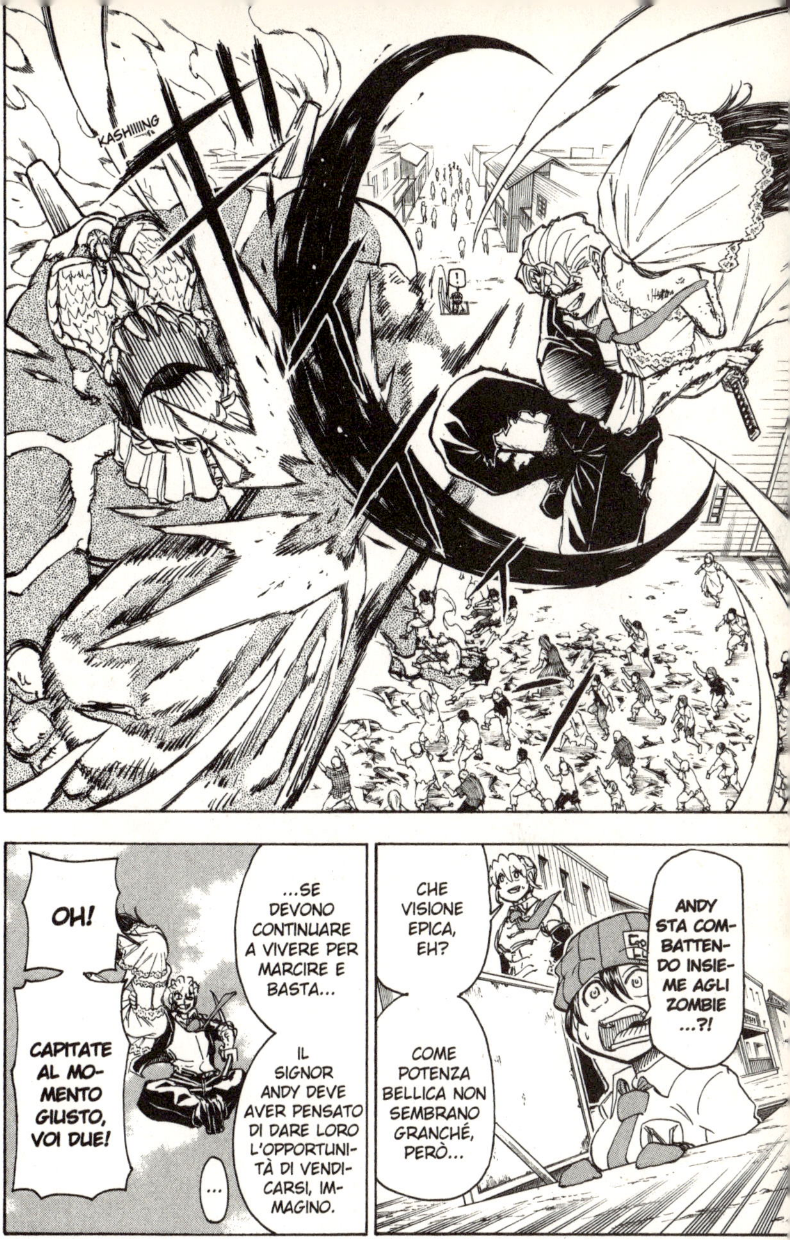
KASHIIIING
!
ANDY STA COMBATTENDO INSIEME AGLI ZOMBIE ...?!
CHE VISIONE EPICA, EH?
COME POTENZA BELLICA NON SEMBRANO GRANCHÉ, PERÒ...
...SE DEVONO CONTINUARE A VIVERE PER MARCIRE E BASTA...
IL SIGNOR ANDY DEVE AVER PENSATO DI DARE LORO L'OPPORTUNITÀ DI VENDICARSI, IMMAGINO.
...
OH!
CAPITATE AL MOMENTO GIUSTO, VOI DUE!

...CI...
...AIU-
TERETE
DAVVE-
RO?
...!!
RMB
RMB
RMB
RMB
SÌ!
!
STA
SUCCE-
DENDO
QUAL-
COSA DI
SOPRA.
CRUMBLE
CRUMBLE
CRUMBLE
ANDY
...?
ASPET-
TATE
LÌ.
BWOOOOM
!

CHE C'È, MII? NON TI PREOCCUPARE, VERRANNO SUBITO AD AIUTARCI.
PERÒ... PERÒ...
DIVENTERAI UNA FIORAIA, NO? QUALI SONO I FIORI CHE VUOI PIANTARE DI PIÙ?
I GIRASOLI...
AH, GIUSTO! LA MAESTRA ADORA I GIRASOLI!
CHE MERAVIGLIA!!
GLIENE DARÒ TANTI...
...E LE FARÒ UNA GRAN SORPRESA!!
!
0024
0022
IL NUMERO È SALITO...!
VI HO DETTO COS'È SUCCESSO, E COME FARE PER AUMENTARE I NUMERI.
QUINDI...

FINCHÉ NON TROVO UN FIDANZATO FIGO...
...E MI SPOSO, NON MORIRÒ ASSOLUTAMENTE!
ASCOLTATE, PICCOLI!
QUANDO VI SENTITE SOLI E TRISTI, PENSATE AI VOSTRI SOGNI PER IL FUTURO!
FINCHÉ SI SOGNA...
...NON SI MARCISCE!
SUN FLOWER NURSERY
CIAO!
SLAM
MAESTRA!
MAESTRA!!
?!
OH, NO! I NUMERI DI MII...!
QUINDI NON SANNO DOV'È SPOIL...
?!
?!

...ALL'IMPROVVISO SONO APPARSI DEI NUMERI SULLA PANCIA DI TUTTI QUANTI...
...E GLI ADULTI HANNO INIZIATO A TRASFORMARSI IN ZOMBIE, UNO DOPO L'ALTRO.
QUANDO HA VISTO COSA STAVA SUCCEDENDO, LA MAESTRA CI HA PORTATO QUI...
...PROTEGGENDOCI PER TUTTO IL TEMPO.
AVETE LE PROVVISTE D'EMERGENZA!
RESTATE QUI PER UN PO'!
E TU, MAESTRA?!
NON PREOCCUPATEVI PER ME!

UNA SETTIMANA FA, ALL'IMPROVVISO, NEL MEZZO DELLA NOSTRA CITTADINA...
WZZ
ズズ
...È APPARSA UNA PALLA NERA...
...E SI È MESSA A PARLARE.
UH UH!
MI PIACE QUESTO POSTO!
SIA LE CASE CHE LA GENTE.
SEMBRANO FACILI A MARCIRE.
GWOOOO
COME PRIMA COSA...
...INIZIO COL GUSTARMI GLI UMANI...
DOPO CHE HA DETTO COSÌ...

IO SONO FUKO IZUMO, TU COME TI CHIAMI?
KEN...
DELL'ASILO GIRASOLE.
SEI IL PIÙ GRANDE DI TUTTI? SEI PROPRIO MATURO!
SÌ, PERCIÒ DEVO PROTEGGERLI IO.
CAPISCO.
NOI SIAMO DELLA UNION, SIAMO VENUTI A SALVARVI.
...
DAVVERO?
SÌ!
QUINDI VORREI CHE...
...MI RACCONTASSI COS'È SUCCESSO QUI.
PERCHÉ VOI STATE BENE?
...
EHM...

GRAB
WZZZ
M... MA CHE FAI?! SE ENTRI QUI DEN-TRO...
NON DEVI TENERE IN MANO QUESTA ROBA!
E TI PARE-VA.
AAAH...
WZZ
HOP

NOI SIAMO TUTTI MALEDETTI!
CHI SIETE VOI...?!
SE VI HA MANDATO QUELLO LÀ...
HANNO CIFRE MOLTO ALTE... CHISSÀ PERCHÉ?
ASPETTA! NOI SIAMO DALLA VOSTRA PARTE...!
BUGIARDA!!
LO SO CHE SIETE VENUTI QUI PER UCCIDERCI, PERCHÉ TANTO SIAMO CONDANNATI A DIVENTARE ZOMBIE!
ALTRIMENTI NESSUN FORESTIERO VERREBBE IN QUESTO POSTO SPERDUTO!!
IL FATTO CHE STATE FERMI LÌ NE È LA PROVA.
VE NE STATE AL SICURO...

UN BAMBINO? NON È DIVENTATO UNO ZOMBIE... COME MAI?
SQUELCH
IIIH! UNO ZOMBIE!!
PERSINO QUA SOTTO?! MI SCUSI DI AVERLA CALPESTATA!!
È PERICOLOSO...
DEVO AIUTARLO AL PIÙ...
...PRESTO...?
PULL
SIETE PROPRIO IDENTICI, TU E IL TUO RAGAZZO...
NON PENSATE MAI ALLE CONSEGUENZE...
SIGNOR SHEN! DÉJÀ-VU!
NON DEVI PROSEGUIRE OLTRE...
SE ANCHE I SOTTERRANEI SONO SOTTO L'INFLUENZA DEL NEMICO, QUEL BAMBINO ORMAI...
ESATTO!

DOOOONG
GOOONG
AAAAH!
GOOONG
DEVO CHIUDERE I CONTI!
ASPET-TA!
NON SONO UNO ZOM-BIE!!

No.013 Revenge

FUKO IZUMO

Età: 18
Altezza: 1,55 scarsi
Peso: non voglio dirlo
Hobby: shojo manga, videogiochi
Abilità speciale: fare slalom in mezzo alla gente
Le piace: sushi senza wasabi
Abilità: Unluck
External-targeting type ad attivazione forzata

Causa un evento sfortunato a chiunque tocchi direttamente il suo corpo. L'entità della sfortuna dipende da quanto le piace l'obiettivo, dalla modalità di contatto, dalla superficie toccata, ecc., ma neppure lei ha ancora afferrato appieno le regole.
Siccome il suo potere è praticamente nullo nei confronti delle persone che non le piacciono, è in ansia perché si preoccupa di diventare una palla al piede per Andy durante le missioni.

DOOOOONG
ADESSO!!
CHI VUOLE PRENDERLO A PUGNI SEGUA IL SUONO DI QUESTA CAMPANA!
STO FACENDO A BOTTE CON LO STRONZO CHE VI HA FATTO MARCIRE!

PARTS BULLET...
...HAMMER!
ZOMBIE SOPRAV-VISSUTI! MI SEN-TITE?!

CRUMBLE CRUMBLE
パラパラ
SCEMI...
AH?
MI AVETE PROTETTO?
GRAZIE! QUINDI VOI...
...NON ERAVATE ANCORA MARCI!
UH...?

RMB
RMB
RMB
RMB
RMB
RMB
MISERO CONTENITORE...
...DI REGOLE...
SPOIL

CROCE SCAR-LATTA!
SLASH
RMB
RMB
RMB
RMB
PERCHÉ NON MARCI-SCI...?
SEI UN NEGA-TOR?
WZZ
PER-CHÉ?
WZZ

* INDISTRUTTIBILE

FIGURATI! SE POSSO ANDARTI BENE IO, TI SPOSO TUTTE LE VOLTE CHE VUOI!
EHI, VOI! METTETECI UN PO' PIÙ DI ENTUSIASMO!
AAH...
AAH...
GRAZIE... BASTA... COSÌ...
?
INDOSSARE L'ABITO BIANCO ERA IL MIO SOGNO...
IO SONO A POSTO COSÌ, ORA SALVA LORO...
STANNO SOFFRENDO PERCHÉ NON POSSONO MORIRE...
UCCIDILI, PER PIETÀ...
POI... QUELLO LÀ...
QUELLO LÀ...

CERCHIAMO L'ABITO DA SPOSA!
È PERICOLOSO!
SLAM
AIUTAMI, MUI-CHAN...
DIIN
DOON
BELLO! TI STA DA DIO!
ADESSO IL PRETE DIREBBE QUALCOSA!
TIPO "NELLA GIOIA E NEL DOLORE, NELLA SALUTE E NELLA MALATTIA"...
BE', ORMAI SIAMO MARCI TUTTI E DUE, QUINDI, CHE CI FREGA?
G... GRAZIE...

SIGNOR ANDY!!
AAAAH...
MI RACCOMANDO, ALMENO SI RICORDI QUESTO!
LA QUEST RICHIEDE LA CATTURA, NON L'ELIMINAZIONE!
!
SE UCCIDE SPOIL, FALLIRÀ LA QUEST! NON POTRÀ RIFARLA!
...
AH!
VUOLE IN PREMIO UN REPAIR, NO?!
AIUT! DEGLI ADULTI!!
SLAM
?!
IN OGNI CASO, QUANDO SCOPRE DOVE SI TROVA SPOIL, CI AVVERTA!
ASPETTATE!!

DICE CHE ERA IL SUO SOGNO.
...CHE FACCIO UN SALTO A SPOSARMI CON QUESTA QUI!
POI MI FARÀ SAPERE DOVE SI TROVA SPOIL.
CHE?!
DATO CHE SONO MEZZO ZOMBIFICATO, CAPISCO LO ZOMBINESE!
ZOMBINESE?!
POSSO ANDARE?
EH?
SE PENSI CHE SIA UN TRADIMENTO, RIFIUTO.
ASPETTI! QUELLA RAGAZZA POTREBBE ESSERE UN SICARIO!!
AAAH...
AH AH AH! NO, VA BENE!
VA' PURE!
FUKO-CHAN! DEVI FERMARLO!!
AAH...

INSOMMA, NEL MOMENTO IN CUI SI ENTRA IN QUESTA CITTADINA, SI VIENE COLPITI DALLA MALEDIZIONE DI SPOIL...
MMMH...
IN EFFETTI, È PROPRIO UNA QUEST DIFFICILE... UN PO' TROPPO PER TRE SOLE PERSONE!
AAH... AAH...
AH?
...E, UNA VOLTA SUPERATO IL LIMITE DI TEMPO, CI SI TRASFORMA INEVITABILMENTE IN ZOMBIE.
0901
...?
MA DAI? TI BASTA QUELLO?
AAAH...
EHI, MI SA CHE POTREMO SCOPRIRE DOVE SI TROVA SPOIL!
E L'UNICA CHE POTREBBE SAPERE DOVE SI TROVA SPOIL È QUESTA RAGAZZA, CHE NON PUÒ NEMMENO PARLARE.
SUN FLOWER
GOOD LUCK
?
CHE STAI FACENDO, ANDY?
AH, È STATO APPENA DECISO...

VEDIAMO UN PO'...
!
FSSSH
LA MANO DESTRA HA INIZIATO A MARCIRE!
URGH! SEMBRA DOLORO-SISSI-MO!!
CLENCH
È GUARI-TA!!
FSSSH
AAAH! È INUTILE, È TORNATA A MAR-CIRE!
...
È UN TIPO A EF-FETTO PER-MANENTE... PARECCHIO MOLESTO.

MA È SICURO?! MARCIRÀ DEL TUTTO!
COME?!
ALLORA ASPETTIAMO FINCHÉ NON MARCISCO?
HA RAGIONE! POTRESTI DAVVERO MORI...
SCEMA.
0025
SE UNA ROBETTA SIMILE POTESSE UCCIDERMI...
...SAREI GIÀ MORTO PER MANO TUA.

...
BWAH AH AH! SEI GIÀ MORTO, BELLO!
CI SEI CASCATO COME UN POLLO!!
0901
...
IO NON CE L'HO...
TU, FUKO-CHAN?
NEMMENO IO!
SARÀ PERCHÉ È ENTRATO NEL BEL MEZZO DELLA ZONA D'AZIONE... IMMAGINO CHE QUANDO QUEL TIMER RAGGIUNGERÀ LO ZERO...
...SI TRASFORMERÀ IN UN VERO E PROPRIO ZOMBIE.
EEEEH?!
NER
COME FACCIAMO?! DOBBIAMO SUBITO...
CAPISCO.

AH, SÌ...?
ALLORA...
...VI CHIEDO SCUSA.
AVVERTE QUALCHE MUTAZIONE FISICA?
NIENTE IN PARTICOLARE...
AA-AH...
MH?
EHI, C'È QUALCOSA SCRITTO SULLA TUA PANCIA.
AH?
SULLA PANCIA?
RIP RIP
AAAH! NON STRAPPARE I BOTTONI!!
WAH!!
TI IMBARAZZI ANCORA ADESSO?
WHUP

GLIELO DICO PERCHÉ ORMAI L'AVRÀ INTUITO...
IL MIO POTERE SI ATTIVA SE GUARDO L'OBIETTIVO A UNA CERTA DISTANZA...
...MENTRE QUELLO DI FUKO-CHAN SI ATTIVA SE LO TOCCA CON LA PELLE NUDA.
IMMAGINO CHE LEI VOLESSE COMBATTERE TENENDO IN CONSIDERAZIONE UN PROCESSO DEL GENERE...
...MA CONTRO UN UMA È UNA PESSIMA MOSSA.
CON TUTTA PROBABILITÀ, IL SUO POTERE È GIÀ ATTIVATO.
EH?! DI GIÀ?!
LA MAGGIOR PARTE DEGLI UMA...
...IMPONGONO LE LORO REGOLE...
...SU COLORO CHE ENTRANO NEL LORO TERRITORIO!

NON LE AVEVO DETTO...
...DI PROCEDERE CON CAUTELA?
...
RIESCO A MUOVERMI...
A-AH.
LEI HA MAI COMBATTUTO CONTRO UN UMA?
...
NON MI RICORDO.
A DIFFERENZA DI NOI NEGATOR, GLI UMA STESSI SONO LE REGOLE.
CI SI PUÒ TROVARE DI COLPO SOTTO L'INFLUENZA DEL LORO POTERE SENZA IL MINIMO PREAVVISO.
D... DI COLPO...?
GIÀ.

ROSSO
HOTEL
D.C. DINER
RIESCI AD ALZARTI?
CE N'È UNA CHE NON È ANCORA MARCIA!
SE CI FACCIAMO GUIDARE DA QUESTA QUI...
...FORSE POTREMO TROVARE IL BOSS, NO?
SUN FLOWER NURSERY
TUMP
THUMP
SIGNOR ANDY, HA UN MO-MENTO?
AH AH! VENGO CON...
ASPETTA.

No.012
SPOIL

ANDY

Età: non lo so
Altezza: 1,89
Peso: boh
Hobby: seguire le mode del momento
Abilità speciale: perfezionarsi in qualsiasi cosa (insiste finché non ci riesce)
Gli piace: cheeseburger, Budweiser (birra)
Abilità: Undead
Self-targeting type ad attivazione forzata

Nega qualsiasi cosa o persona che lo avvicini alla morte. Di base, si rigenera automaticamente, ma, dopo lunghi anni di allenamento, ha imparato ad accelerare o rallentare volontariamente la velocità di rigenerazione. Pare che consideri l'invecchiamento come un elemento che lo avvicina alla morte, dato che, a causa del suo potere, il suo aspetto è ancora quello di un venticinquenne o giù di lì. Percepisce il dolore, ma sostiene che "il dolore è tale perché ti fa percepire la morte. Il ruolo del male che sento io è diverso da quello che provate voi: il mio è come un rumore di fondo e basta".

È FORMIDABILE, IL TUO RAGAZZO!
MGH MGH MGH!! (NON È IL MIO RAGAZZO!!)
...
SÌ CHE C'È!
A A A H.
UNA...
...CHE NON È ANCORA MARCIA!

LUNA CRESCENTE SCARLATTA!

ORA VI MASSACRERÒ TUTTI!!
MA! SE TRA VOI...
...C'È QUALCUNO A CUI È RIMASTA UN PO' DI GRINTA, E CHE SA DOVE SI TROVA...
...QUELLO STRONZO CHE VI HA RIDOTTI COSÌ, SI ABBASSI!
TUP
DOBBIAMO PARLARE.
CIRCOLO DI SANGUE!

APRITE BENE LE ORECCHIE...
...BRANCO DI CARNE MARCIA!

SKREEE
EEEEK
CRASH

ALLO-RA...
...NON SERVE CHE MI FACCIA SCRU-POLI!!
STOMP
MOC-CIOSA! CINTURA DI SICU-REZZA!
AYE!!
CHIUDI LA BOC-CA, O TI MORDE-RAI LA LINGUA!
AYE!!
EH?!
UH?!

AAAAAH
MA CHE FA?! ERANO RINCHIUSI, ORA LI HA LIBERATI!!
POSSONO TORNARE INDIETRO?
CHE?!
UNA VOLTA DIVENTATI COSÌ, POSSONO TORNARE COME PRIMA?
NO...
È IMPOSSIBILE, I LORO CORPI SONO MUTATI DEFINITIVAMENTE...
OH, NO...
AH, SÌ?

DIETRO QUELLE MURA C'È LONGING.
PROCE-DIAMO CON CAUTELA.
KA-CHUNK
SÌ... UH? ANDY, CHE STAI FA-CEN...
TOGLITI DI MEZZO, MURO.
BA-SHOOM
BOOOM
AAAH...
EEEEH...?!

...MA
...
...VICTHOR,
IL DIO
DELLA VIT-
TORIA.
SIAMO
ARRIVATI.
È
QUELLO
LÀ?
SÌ.

MI SCU- SI...
LEI PERCHÉ HA DECISO DI PRENDERE PARTE ALLA QUEST? AH, È VERO... È STATO CO- STRET- TO...
BE', QUESTO È VERO, MA...
...SICCO- ME SEMBRA UN'IMPRESA MOLTO DIF- FICILE...
...IMMAGI- NO CHE SI SCATENERÀ IL PUTI- FERIO.
E ALLORA, FORSE, PO- TRÒ INCON- TRARE...
...NON LA VERSIONE ANNACQUATA DI LUI CHE ABBIAMO ADESSO...
...PO- TREBBE DARCI QUALCHE INDIZIO ...
...PER FAR MORIRE DAVVERO ANDY.
GOOD LUCK

STA' TRANQUILLA.
DOMANI IO E IL SIGNOR ANDY SISTEMEREMO TUTTO.
VOGLIO PARTECIPARE.
PER LA SIGNORINA GENA?
VUOI COLLEZIONARE PUNTI...
NO.
SI RICORDA COS'HA DETTO QUEL LIBRO, APOCALYPSE...
...RIGUARDO ALLA RICOMPENSA?
LA LOCALIZZAZIONE...
UNREPAIR
parabilità
...DI UNREPAIR.
SE RIUSCISSIMO A COMPIERE LA QUEST...
...E A INCONTRARE LA PERSONA CON UNREPAIR... FORSE...

NON RIESCI A DORMIRE?
...
!
GOOD LUCK

GUARDA... È PIENO DI ZOMBIE. È ORRIBILE...
EHI, C'È QUALCOSA LÀ... QUELLO È...
EHI...! IL TUO CORPO STA...!
AAAH...?! MA COS'È? IL MIO BRACCIO...!!
ANCH'IO! AMMAZZALO! SE LO FACCIAMO FUORI, POTREMO...
CRETINO! NON POSSIAMO TOCCARLO NÉ ATTACCARLO...
CHE MI FREGA?! SPARATE!!
AAAH! MERDA!!
THUMP THUMP
UWAH! TU... CHE DIAVOLO...
GAH!!
CRAAACK
CHE NE PENSA, SIGNOR ANDY?
DI COSA...?
KRSSSH BZZZ
IO PENSO CHE SARÀ DURA, SE LEI NON CE LA METTE TUTTA.
NON CREDE?
...
NON SARÀ NECESSARIO.

ZOM-BIE...
L'UMA SPON-GE...
SI CHIAMA SPOIL, FUKO-CHAN.
E NOI DOBBIAMO CATTURAR-LI, GIU-STO...?
MA CI RIUSCI-REMO...?
MOMAN-TAI, MO-MANTAI! (NESSUN PROBLE-MA!)
I NOSTRI INVESTI-GATORI CI HANNO PRECE-DUTO LÀ...
...E HANNO INVIATO UNA REGISTRA-ZIONE AUDIO MENTRE IN-STALLAVANO LA BARRI-CATA.
VUOI ASCOL-TARLA?
EH...?! STANNO TUTTI BENE...?
...
COSA?! NON STANNO BENE?!
BIP
INIZIA-MO LE INDAGINI ALL'IN-TERNO DELLA CITTÀ.
IIIH!!

"SPOIL"...
...SIGNIFICA GUASTARE...
...FAR AVARIARE.
CON TUTTA PROBABILITÀ, ANCHE LO ZOMBIE TROVATO A NEW YORK È UNA SUA VITTIMA.
NON SO PERCHÉ ABBIA CAMMINATO PER 4000 KM FINO A LÀ, PERÒ.
LORO SONO A LONGING, IL PAESE DEGLI ZOMBIE.
PER "LORO" INTENDE...
...GLI AVVERSARI CHE STIAMO PER AFFRONTARE...?
GIÀ.
L'UMA SPOIL...
...E GLI ZOMBIE CHE HA CREATO.

CI GIRANO UN SACCO DI WESTERN!
UWAAAAAH!!
MA CHE STA FACENDO, SIGNOR SHEN?!
IL SIGNOR ANDY MI HA LASCIATO DAVVERO INDIETRO!
MI ERO ATTACCATO AL TETTO DI NASCOSTO, MA MI SENTIVO SOLO!
È PERICOLOSO! VENGA DENTRO, PRESTO!!
TSK!
AAAH! COME SI STA FRESCHI!
EHM...
PENSA CHE QUESTO CASO ABBIA DAVVERO QUALCHE COLLEGAMENTO CON SPOIL?
CREDO PROPRIO DI SÌ.
SAI COSA SIGNIFICA LA PAROLA "SPOIL"?
GOOD LUCK

È SCRITTO QUI IN FONDO...
Informazioni attuali sul cadavere ambulante in decomposizione presumibilmente collegato a Spoil avvistato a New York
Il giorno [redacted] del mese [redacted] ...
...a [redacted], New York...
...è stato avvistato un cadavere vagante in decomposizione.
Effettuata cancellazione della memoria, rimossi i ricordi del fenomeno nei testimoni oculari e nei residenti della zona.
L'identità del cadavere è stata accertata tramite gli effetti personali.
Nome: [redacted], 27 anni. Nato a...
LONGING...
È UNA ZONA RURALE DELL'OVEST!

ANDY! DOVE SIAMO?!
IN AMERICA, NEL NEVADA.
AVEVO PENSATO DI USARE L'ELI-COTTERO, MA È PIÙ BELLO GUIDARE, NO?
SÌ!!
CHE NE DICI DI ANDARE A SPASSARCE-LA A LAS VEGAS...?
N... NO!!
DOBBIAMO ANDARE NEL POSTO CHE C'È SCRITTO SUL DOS-SIER...! LON...
LON... EHM... COM'È CHE SI CHIA-MA?

No.011
Longing

Side Story

?
PERCHÉ PORTI LA GIACCA ANNODATA IN VITA?
EHM... ECCO...
CIRCA ALL'INIZIO DEL CAPITOLO 10
LA GIACCA DI LADY GENA...?
SÌ, LA INDOSSERÒ...
...E CE LA METTERÒ TUTTA... NELLE MISSIONI, NELLE QUEST...
...ECCETERA!!
POP
POP
POP
AIYAAAAAH!!
...
NON VOGLIO DIRLO.
BE', UN'IDEA ME LA SONO FATTA.
ALLORA NON CHIEDERMELO!!

A NEW YORK...
...È STATO AVVISTATO UN CADAVERE IN DECOMPOSIZIONE CHE VAGA PER LA CITTÀ.
CON TUTTA PROBABILITÀ, C'È UN COLLEGAMENTO CON L'UMA DELLA QUEST, SPOIL.
BELLO!
!
FA' I PREPARATIVI, PER FAVORE.
ZHIDAOLE. (SISSIGNORE.)
NEW YORK, EH?
MI ERO GIUSTO STUFATO DI QUANTO FOSSERO PICCOLI...
...GLI HAMBURGER DEL MAC QUI.
EH?! HANNO GRANDEZZE DIVERSE?!

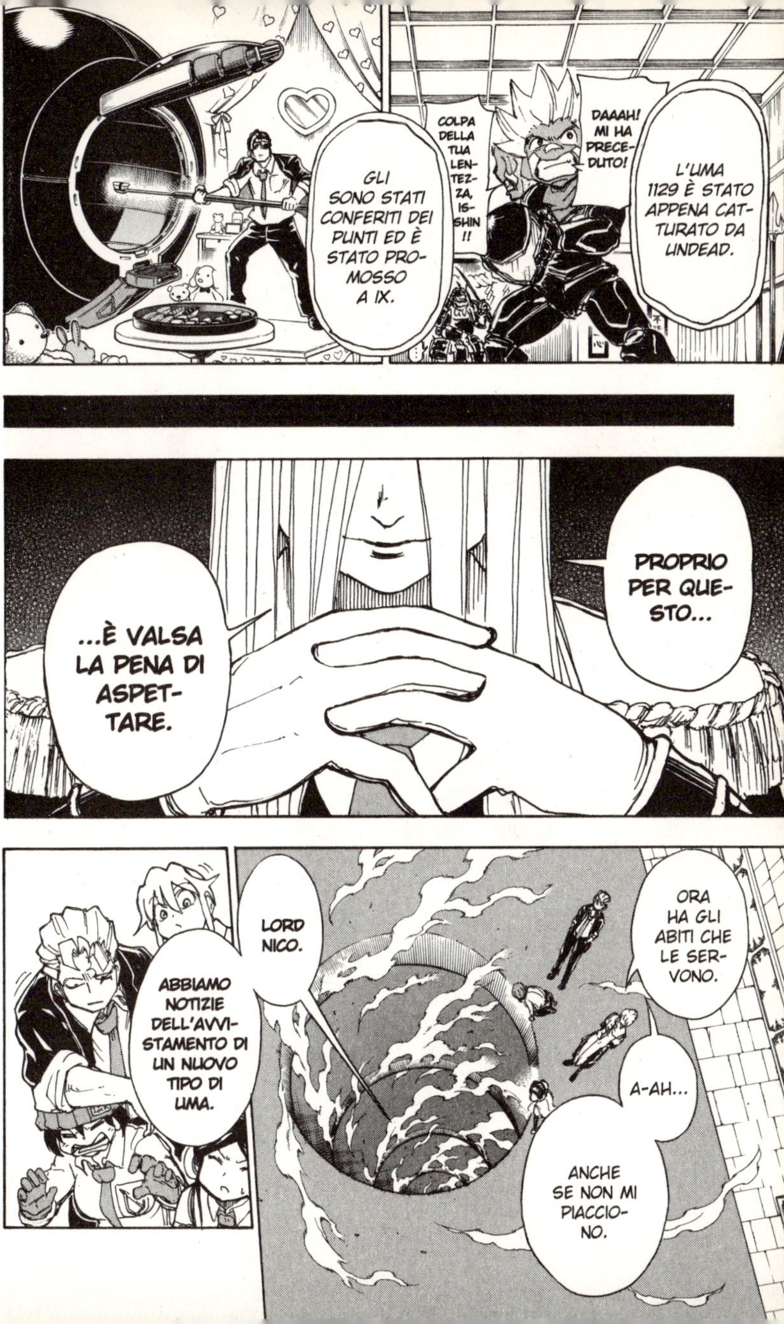
L'UMA 1129 È STATO APPENA CATTURATO DA UNDEAD.
DAAAH! MI HA PRECEDUTO!
COLPA DELLA TUA LENTEZZA, ISSHIN!!
GLI SONO STATI CONFERITI DEI PUNTI ED È STATO PROMOSSO A IX.
PROPRIO PER QUESTO...
...È VALSA LA PENA DI ASPETTARE.
ORA HA GLI ABITI CHE LE SERVONO.
A-AH...
ANCHE SE NON MI PIACCIONO.
LORD NICO.
ABBIAMO NOTIZIE DELL'AVVISTAMENTO DI UN NUOVO TIPO DI UMA.

15 SECONDI PER LA RIGENERAZIONE...
SONO TROPPI, FA' PIÙ IN FRETTA.
MA SEI INCONTENTABILE!!
AH AH!
INCREDIBILE... HA PRESO L'UMA...
...E L'HA FATTO DIVENTARE SUO SERVO!
PIACERE, SIGNOR UMA DEGLI ABITI!
TI CHIAMERÒ CLOTHY!

ZWOOM
GYAAAAAAH!!
?!
OH, SCUSATE!
FSSSH
È STATO IL MALFUNZIONAMENTO DI UN ARTIFACT!
NESSUN MORTO?
FSSSH
EHM...

DAAAH! MA CHE RAZZA DI VESTITI VUOI?!
“ROBUSTI, CHE ANCHE SE SI ROMPONO SI AUTORIPARANO, E QUANDO LI CHIAMI ARRIVANO SUBITO”...?!
ALLA FACCIA DELLE PRETESE!!
CHE CAVOLO! PER ESSERE L'UMA DEGLI ABITI...
AH?
...SEI PROPRIO...
...UNO SFIGATO.
?!?
AH, SÌ?! STA' A VEDERE, ALLORA!
LO FACCIO, COSÌ RIMARRAI AFFASCINATO E DIVENTERAI IL MIO MANICHINO!
AH! ORA CHE CI PENSO, LA SFORTUNA DI PRIMA...
...NON È ANCORA...

MASTER SHEN, SONO TERRIBILMENTE SPIACENTE...
?
LEI MI HA SALVATO LA VITA, E IO INVECE...
MA CHE STAI DICENDO? ERA UN KUNG FU INCREDIBILE!
È IL RISULTATO DI TUTTI I TUOI ALLENAMENTI QUOTIDIANI!
CONTINUA A IMPEGNARTI, E UN GIORNO RIUSCIRAI A FARE QUEI MOVIMENTI DA SOLA!
...
ZHIDAOLE. (SISSIGNORE.)
A PROPOSITO, LORD ANDY E LADY FUKO...
OH, È VERO! L'UMA HA POSSEDUTO IL SIGNOR ANDY...
...
OH...? NON STA DIVENTANDO UN ABITO!
?
MERDA...
MERDA!

SPLUWSH!
CHE CAVOLO! L'HAI FATTO PERCHÉ AVEVI CAPITO LE SUE REGOLE, ACCIDENTI A TE...!
SÌ, MA IMMAGINAVO CHE SARESTI VENUTO A SALVARMI, ANDY.
AVEVI INTENZIONE DI SCATENARTI CON QUEL CORPO PORTASFORTUNA?!
POI, SE AVESSE POSSEDUTO ME, SAREBBE STATO PIÙ FACILE CHE COMBATTERE CONTRO LA SIGNORINA MUI, NO?
OH! È VERO! L'AVEVO DIMENTICATO...!
AH AH... SI METTONO A LITIGARE IN UNA SITUAZIONE COME QUESTA!
!

STONK
...LA MIA SFOR-TUNA.
COME IMMAGINAVO, ORA TOCCA A ME...
XIEXIE. (GRAZIE.)
DÀ LA PRECEDEN-ZA ALLE DONNE...
È SVE-NU-TA!
C R I K
SI SPO-STERÀ DI NUO...
GWOOM
ZOOM
SQUELCH
SQUELCH

"LA PREGO, SI PRENDA CURA DI MASTER SHEN...
...LADY FUKO."
WHACK
TOUCH
AGH!!
AHIO!
THUD
AH?!
CI SIAMO APPENA INCONTRATE...
...E NON TI CONOSCO ANCORA, MA...
SCUSA, STA PER ARRIVARE...
TI FARÀ UN PO' MALE...

EHI, SHEN!
FFFH!
FFFH!
CHE C'È, SIGNOR ANDY?!
WHACK
WHACK
IMMO-BILIZZA-LA CON IL TUO PO-TERE!
AVREBBE EFFETTO SU MUI-CHAN, MA NON SULL'UMA!
WHACK
WHACK
SONO GLI ABITI A FARE QUESTI MOVIMENTI, QUINDI NON SERVI-REBBE!
CHE POTERE INUTI-LE!!
HA SCONFITTO PURE LEI UNA VOLTA, L'HA DIMEN-TICATO?
NON MI HA SCONFITTO! MICA ABBIA-MO FINITO L'INCON-TRO!!
AH, ALLORA VUOLE CHE LO FINIAMO DOPO?
SIGNORINA MUI!..

...E SI SPOSTA IN UN ALTRO ESSERE UMANO...
...NELLE VICINANZE...
SI TRASFORMA NEGLI ABITI CHE DESIDERI TU, NO?
QUELLA LÀ RIMANE SEMPRE LA STESSA!
...
NO.
È CAMBIATA.
SHAH
WHACK
WHACK
IIIH!!

REPAIR HEADBUTT - TESTATA RIGENERANTE!
...DI PALLE!!
TWHACK
NON L'HO AMMAZZATO.
L'HO SOLO FATTO SVENIRE.
DEVE FAR MALE...
OH!
SIAMO NEI GUAI...
AH?
EH?
QUANDO IL CORPO CHE 1129 HA POSSEDUTO PERDE LA CAPACITÀ DI AGIRE...
SPLUSH
...LUI NE CERCA UNO NUOVO...
ZWOOM

DASH
POSSIEDE IL CORPO DI UN ESSERE UMANO E SI TRASFORMA...
DASH
...NEGLI ABITI CHE PIÙ DESIDERA QUEST' ULTIMO.
MA... UNA VOLTA CHE LA VITTIMA RIMANE AFFASCINATA DA QUEI VESTITI, È LA FINE.
CLOTHES PRENDE IL CONTROLLO DEL CORPO E SI SCATENA.
WHAP
ANDY! DIETRO DI TE!!
BISOGNA FARE ATTENZIONE A...
STA' INDIETRO.
O... OK!!
CRAACK
POW
IIIH!!
CHE CAVOLO, NON AUMENTARMI LE ROTTURE...

ビーーッ
BEEP
L'UMA N.1129 HA POSSEDUTO UNA GUARDIA ED È SCAPATO.
ビーーッ
BEEP
È RICHIESTA LA CATTURA IMMEDIATA.
AL MOMENTO STA ATTRAVERSANDO IL CORRIDOIO G DELL'OTTAVO LIVELLO.
È RICHIESTA LA CATTURA IMMEDIATA!
VI
OH!
OTTIMA OCCASIONE PER FARE PUNTI!
VII
1129? QUESTO CHE LIVELLO È?
L'OTTAVO...
CHE MI DICI, MUI-CHAN?
SISSIGNORE... 1129... CAPITA PROPRIO AL MOMENTO GIUSTO...
È L'UMA DEGLI ABITI...
...CLOTHES.

I COMPLETI SONO ANTIPROIETTILE, ANTI-TAGLIO E PARECCHIO ROBUSTI...
BE', LEI LO HA DISTRUTTO, PERÒ.
LA CRAVATTA HA IL POTERE DI GARANTIRE L'ACCESSO A TUTTI I SERVIZI PUBBLICI.
E L'EMBLEM È ASSOLUTAMENTE NECESSARIO PER PARTECIPARE ALLE QUEST!
GIREREMO TUTTO IL MONDO PER INVESTIGARE SU SPOIL.
QUESTO EQUIPAGGIAMENTO FACILITERÀ LE VARIE PROCEDURE.
NON MI SERVE, USERÒ IL MIO ELICOTTERO PER GIRARE.
CHE?!
FINALMENTE NON SIAMO PIÙ BRACCATI.
IO E LA MOCCIOSA CI GODREMO IL NOSTRO APPUNTAMENTO ROMANTICO TRA LE NUVOLE, TU PRENDI QUALCHE ALTRO MEZZO.
ASP...!!
MI LASCIATE SOLO SOLETTO?! ANDIAMO TUTTI E TRE INSIEME!
È UNA PERSONA DIVERTENTE, EH?
SEI D'INTRALCIO, SPARISCI.
È CRUDELE!!
BEEEP BEEEP

...
EHM...
DOV'È FINITO IL COMPLETO CHE LE AVEVO APPENA REGALATO?
BRUCIATO E SPARITO.
DAL MURO È SCHIZZATO FUORI UN GETTO DI MAGMA. MA DOVE CAVOLO L'AVETE COSTRUITA QUESTA BASE?!
FSSSH
DOPO UN CONTATTO COSÌ MINIMO...
NON SONO UNA TORDA... NON SONO UNA TORDA, UFFA...!!
BAH, CHI SE NE FREGA DEL COMPLETO. ANDIAMO!
SONO PORTABILI.
NO! DEVE INDOSSARE IL COMPLETO, LA CRAVATTA E L'EMBLEM!
E PERCHÉ?
TI SI VEDE TUTTO!!
È UN PO' COME SE FOSSE UN COSPLAY, MA...
...IL COMPLETO DEI MEMBRI È ECCEZIONALE, SA?

LA PREGO, SI PRENDA CURA DI MASTER SHEN...
...LADY FUKO.
EH? MA NO, IO SONO SOLO UNA PALLA AL PIEDE...!
ALZI LA TESTA, SIGNORINA MUI!!
NON SONO UNA NEGATOR, E NEMMENO UN MEMBRO DELLA TAVOLA ROTONDA...
...PERCIÒ NON POSSIEDO L'EMBLEM CHE CONFERISCE IL DIRITTO DI PARTECIPARE ALLE QUEST.
SLAM
CAPISCO...
CI SONO ANCHE PERSONE CHE VORREBBERO ESSERE NEGATOR...
!
AHIA!
ALMENO SI VESTA!!
OH!
AH?
1865

GOOD LUCK
AH... È PERICOLOSO TOCCARMI, CI PENSO IO...
GRIP
È UN ORDINE DI MASTER SHEN, NON DEVE PREOCCUPARSI.
IO SONO MUI, SOTTOPOSTA DI MASTER SHEN.
LO SO, DA OGGI IN POI ANCHE LEI FA PARTE DELLA TAVOLA ROTONDA.
EHM... IO SONO FUKO IZUMO.
LE AUGURO BUONA FORTUNA PER LA QUEST!
PER "QUEST"... INTENDI CIÒ CHE HA DETTO QUEL LIBRO...?
...
SÌ.
SE RIUSCIRETE A COMPIERLA, POTREMO ENTRARE IN POSSESSO DI INFORMAZIONI PREZIOSE.
EHM... LEI NON VIENE CON NOI, SIGNORINA MUI?
NO.
IO NON POSSIEDO L'EMBLEM.
EMBLEM?

No.010
Questo è il costume che voglio indossare

NOTE SULLE LINGUE

Fuko parla solo giapponese e quelle quattro parole di inglese che ha imparato chattando a voce mentre giocava online con gamer stranieri, eppure, riesce ugualmente a dialogare con personaggi che chiaramente non parlano giapponese, come Shen o Gena.

Ecco spiegato l'arcano:

← Può farlo grazie a questa.
Se anche soltanto uno dei due parlanti indossa l'apposita cravatta creata da Nico 
si può conversare anche
senza conoscere la lingua dell'interlocutore.

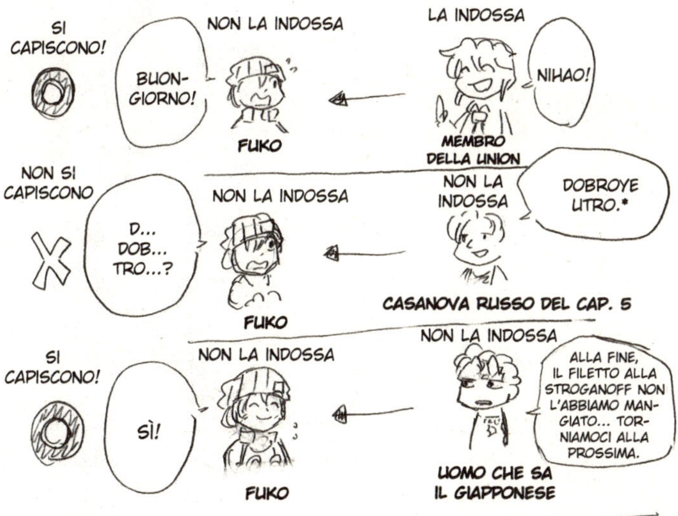

* "BUONGIORNO", IN RUSSO. N.D.E.

PARTECIPIAMO IO, CIOÈ UNDEAD...
...UNLUCK...
...E IL MOCCIOSO CINESE LAGGIÙ.
IO?! ASP... QUESTA MI È NUOV...
RICHIESTA RICEVUTA...
EH?! SUL SERIO?! VORRAI SCHERZARE!!
QUEST START.
FRZZZ
È SPOIL, NOVELLINO...
PARTECIPANTI: 3.
RI-COM-PEN-...A...
BELLO!
BELLISSIMO!!

QUAL È LA QUEST PIÙ DIFFICILE DI STAVOLTA?
CRK
CRK
RISPONDI!
CRK
CRK
CRK
CRK
GAH!
AH-GAH-GAH!
?!
ANDY?!
M-MA CHE STAI FACENDO?!
ATTACCARE BRIGA CON APOCALYPSE...
SEI IMPAZZITO?!
CHOMP
ZACK

...
PERÒ ...
...QUESTO NON...
NON SEI CONVINTA?
ALLORA...
...DIVENTA IL NUMERO UNO.
IL COMANDO DELLA UNION È AFFIDATO AL MEMBRO CHE HA OTTENUTO PIÙ RISULTATI.
LAVORA PIÙ DI ME E USURPA IL MIO POSTO.
IN PRATICA...
WUSH
...QUANTO DOVREI...
EHI, MOCCIOLIBRO.
AH?

SOLTANTO I DIECI SEDUTI ALLA TAVOLA ROTONDA POSSONO PARTECIPARE ALLE QUEST.
E CI SONO CANDIDATI DI SCORTA, IN CASO I POSTI RIMANGANO VACANTI.
I VOSTRI POTERI SONO TROPPO PERICOLOSI PERCHÉ POTESSIMO IGNORARLI.
SOPRATTUTTO IL TUO, UNLUCK.
SONO STATA IO A ORDINARE LA TUA ELIMINAZIONE, MI SPIACE.
MA, ALLA FINE, VI HO CHIAMATI QUI GRAZIE ALLA RACCOMANDAZIONE DI SHEN.
VORREI CHIEDERE LA VOSTRA COLLABORAZIONE.
...POTREMO UCCIDERE IL CREATORE CHE IMPONE LE REGOLE ALLA TERRA...
...OVVERO DIO, CHE RISIEDE AL DI LÀ DEL LIBRO.

MALATTIA.
QUESTI SONO SOLTANTO POCHI ESEMPI.
UNA VOLTA OGNI TRE MESI...
...VENGONO AGGIUNTE NUOVE PUNIZIONI, CHE AUMENTANO SE NON INTERVENIAMO.
ECCO PERCHÉ...
...PARTECIPIAMO ALLE QUEST.
PER COMPIERLE C'È BISOGNO DI POTENZA BELLICA.
PERCIÒ CATTURIAMO E SFRUTTIAMO I FORTI.
GRAZIE ALLE RICOMPENSE, DIVENTIAMO PIÙ POTENTI.
CHAK
COSÌ, UN GIORNO, FINALMENTE...

È IL NUMERO DI VOLTE...
...CHE A QUESTO PIANETA SONO STATE AGGIUNTE DELLE REGOLE.
SESSO.
LINGUA.
RAZZA.
MORTE.

LA SIGNORINA GENA L'AVEVA DETTO...
CHE PER QUANTO SI FOSSE SFORZATA, NON ERA CAMBIATO NIENTE... E QUESTO LA FACEVA SOFFRIRE.
VALE DAVVERO LA PENA DI FARE CIÒ CHE VUOLE QUEL LIBRO?
GOOD LUCK
LA QUARTA QUEST ERA LA CATTURA DI UN NEGATOR... AVETE INTENZIONE DI PERSEGUITARE ALTRI COME AVETE FATTO...
...CON ME E ANDY?
I NEGATOR SONO DOTATI DI PARTICOLARI ABILITÀ... MA, IN FONDO, SONO PERSONE NORMALI...!
LO STESSO VALE ANCHE PER VOI... SIAMO TUTTI UGUALI, NO?!
NON CONOSCO BENE LA SITUAZIONE... MA DOVREMMO SMETTERLA...
NOVANTOTTO.
1865

?
LO STAI CHIEDENDO A ME?
YES, YES.
È APOCALYPSE.
IL PRIMO ARTIFACT, OSSIA CIMELIO ANTICO, SCOPERTO SULLA TERRA.
SI APRE QUANDO DIECI NEGATOR SI SIEDONO INTORNO ALLA TAVOLA ROTONDA...
...E CI ASSEGNA DELLE MISSIONI IMPOSSIBILI.
SE LE COMPIAMO, RICEVIAMO UNA RICOMPENSA. SE FALLIAMO, CI SPETTA UNA PUNIZIONE.
QUESTO... SIGNIFICA CHE BISOGNA FARLE PER FORZA?
...?
VALE DAVVERO LA PENA DI SACRIFICARSI...
...E RIEMPIRSI DI FERITE COSÌ?

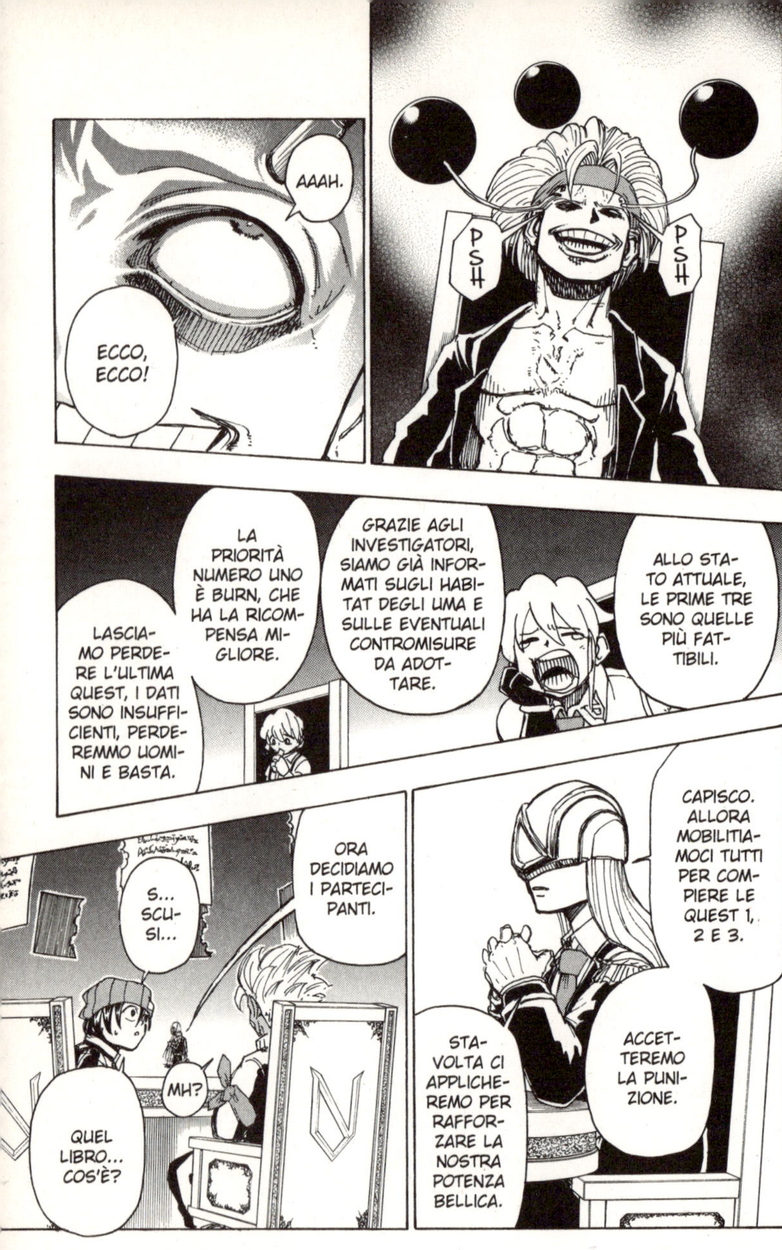
PSH
PSH
AAAH.
ECCO, ECCO!
ALLO STATO ATTUALE, LE PRIME TRE SONO QUELLE PIÙ FATTIBILI.
GRAZIE AGLI INVESTIGATORI, SIAMO GIÀ INFORMATI SUGLI HABITAT DEGLI UMA E SULLE EVENTUALI CONTROMISURE DA ADOTTARE.
LA PRIORITÀ NUMERO UNO È BURN, CHE HA LA RICOMPENSA MIGLIORE.
LASCIAMO PERDERE L'ULTIMA QUEST, I DATI SONO INSUFFICIENTI, PERDEREMMO UOMINI E BASTA.
CAPISCO. ALLORA MOBILITIAMOCI TUTTI PER COMPIERE LE QUEST 1, 2 E 3.
ACCETTEREMO LA PUNIZIONE.
STAVOLTA CI APPLICHEREMO PER RAFFORZARE LA NOSTRA POTENZA BELLICA.
ORA DECIDIAMO I PARTECIPANTI.
S... SCUSI...
MH?
QUEL LIBRO... COS'È?

AVANTI...
...SCEGLIETE!
...L'AGGIUNTA...
...DELL'UMA GALAXY.
"GALAXY"? COS'È?
NON LO SO, MA I DUBBI A DOPO. ORA MEMORIZZA.
O... OK.
NICO, CONFRONTA I DATI CON I NOSTRI DOSSIER PERSONALI.
A-AH ...

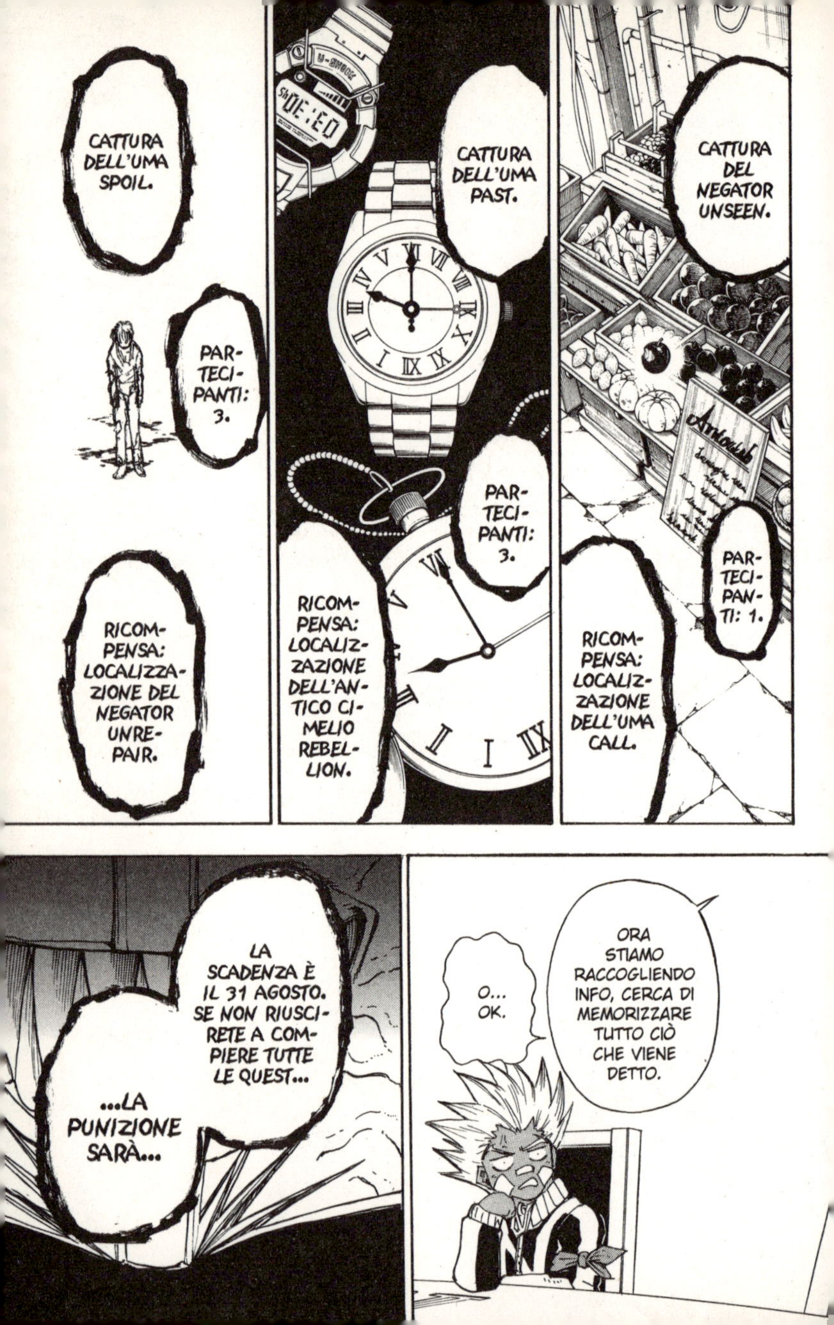
CATTURA DEL NEGATOR UNSEEN.
PAR-TECI-PAN-TI: 1.
RICOM-PENSA: LOCALIZ-ZAZIONE DELL'UMA CALL.
CATTURA DELL'UMA PAST.
PAR-TECI-PANTI: 3.
RICOM-PENSA: LOCALIZ-ZAZIONE DELL'AN-TICO CI-MELIO REBEL-LION.
CATTURA DELL'UMA SPOIL.
PAR-TECI-PANTI: 3.
RICOM-PENSA: LOCALIZZA-ZIONE DEL NEGATOR UNRE-PAIR.
ORA STIAMO RACCOGLIENDO INFO, CERCA DI MEMORIZZARE TUTTO CIÒ CHE VIENE DETTO.
O... OK.
LA SCADENZA È IL 31 AGOSTO. SE NON RIUSCI-RETE A COM-PIERE TUTTE LE QUEST...
...LA PUNIZIONE SARÀ...

CATTURA DELL'UMA BURN.
PARTECIPANTI: 6.
RICOMPENSA: AGGIUNTA DELL'UNDICESIMO MEMBRO.
CATTURA DELL'UMA EAT.
PARTECIPANTI: 5.
RICOMPENSA: LOCALIZZAZIONE DEL NEGATOR UNBURN.
NEUTRALIZZAZIONE DELL'UMA LANGUAGE.
PARTECIPANTI: 1.
RICOMPENSA: UNIFICAZIONE DI TUTTE LE LINGUE TERRESTRI.
QUEST... AVRÀ A CHE FARE CON LA "QUOTA" A CUI SI RIFERIVA GENA...?
EHM... DI COSA STA PARLANDO?
GOOD LUCK
1865

GLARE
SMIRK
GULP!
FACCE NUOVE, EH?
I-I-I-H?!
SWAM
COSA?! LE PAGINE STANNO...!
WHAP
WHAP
BASH
QUESTA VOLTA LE QUEST SONO SEI.

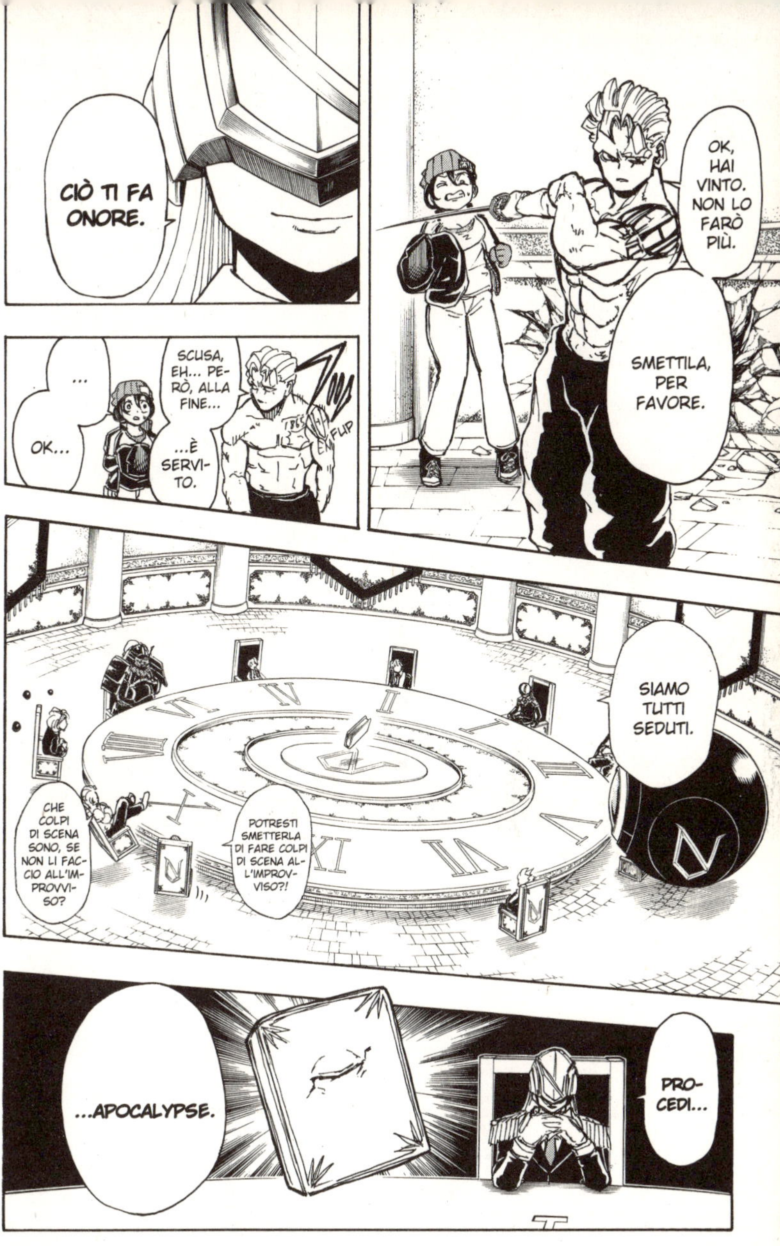
OK, HAI VINTO. NON LO FARÒ PIÙ.
SMETTILA, PER FAVORE.
CIÒ TI FA ONORE.
SCUSA, EH... PERÒ, ALLA FINE...
...È SERVITO.
FUP
...
OK...
SIAMO TUTTI SEDUTI.
POTRESTI SMETTERLA DI FARE COLPI DI SCENA ALL'IMPROVVISO?!
CHE COLPI DI SCENA SONO, SE NON LI FACCIO ALL'IMPROVVISO?
PROCEDI...
...APOCALYPSE.

SMET-TETE-LA...
...VOI DUE.
WHOOSH
?!
KWIIII
MH?
FA UN PO' CALDO, QUI.
GOOD Luck
MA COME...? IL MIO BRACCIO...
...SI STA MUOVENDO DA SOLO...
KIIII
MI DISPIACE, BOSS! NON VO-GLIO UCCI-DERE LORD BILLY!!
EH? STAVO PER MO-RIRE?
E TU, UNDEAD?

FFFH ...! FFFH ...!
QUEL TIZIO HA UCCISO LADY GENA!!
SMETTILA, TATIANA.
A-AH... MA...
...È SEVERAMENTE VIETATO LITIGARE TRA MEMBRI.
PERÒ ...!!
C'È UN TIPO IRASCIBILE, VEDO.
EH?
FWIIISH
?!
DANNATO...
WUP

WHACK
SBRAAMM
GOOD LUCK
GOOD LUCK
GOOD LUCK
GWRRRL

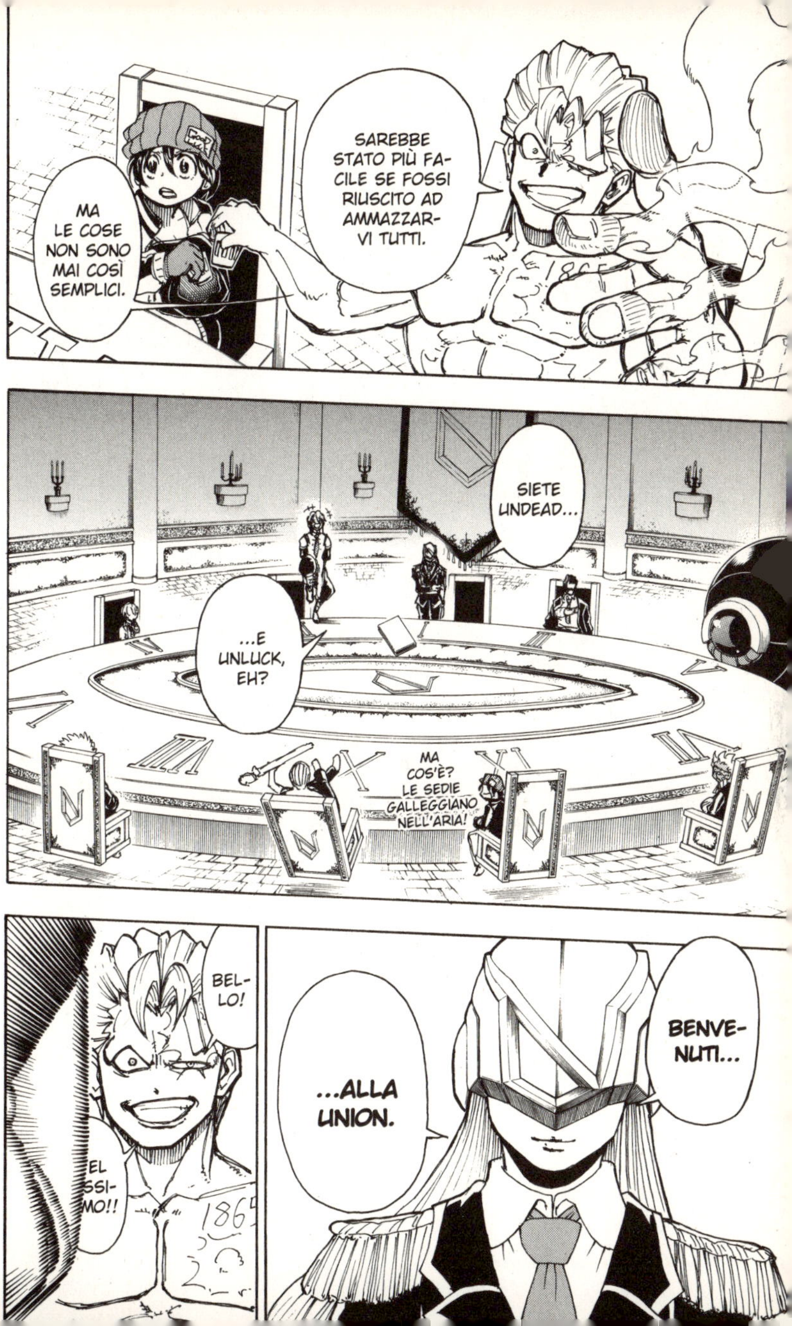
SAREBBE STATO PIÙ FACILE SE FOSSI RIUSCITO AD AMMAZZARVI TUTTI.
MA LE COSE NON SONO MAI COSÌ SEMPLICI.
SIETE UNDEAD...
...E UNLUCK, EH?
MA COS'È? LE SEDIE GALLEGGIANO NELL'ARIA!
BENVENUTI...
...ALLA UNION.
BELLO!
EL SSIMO!!

No.009
Noi neghiamo

GENA

Età: 16 (66)
Altezza: più o meno 1,55
Peso: non lo dico
Hobby: dipingere, abiti da liceale giapponese
Abilità speciale: trucco
Le piace: Deady
Abilità: Unchange
External-targeting type ad attivazione volontaria

Nega il cambiamento di qualsiasi cosa che tocchi con mani o piedi nudi, esclusi gli organismi viventi. Principalmente usa il suo potere per negare la mutazione dell'aria e catturare i suoi obiettivi.

...ALLA UNION.
GOOD Luck
CHINK
BELLIS-SIMO!!

BENVENUTI...
BELLO!

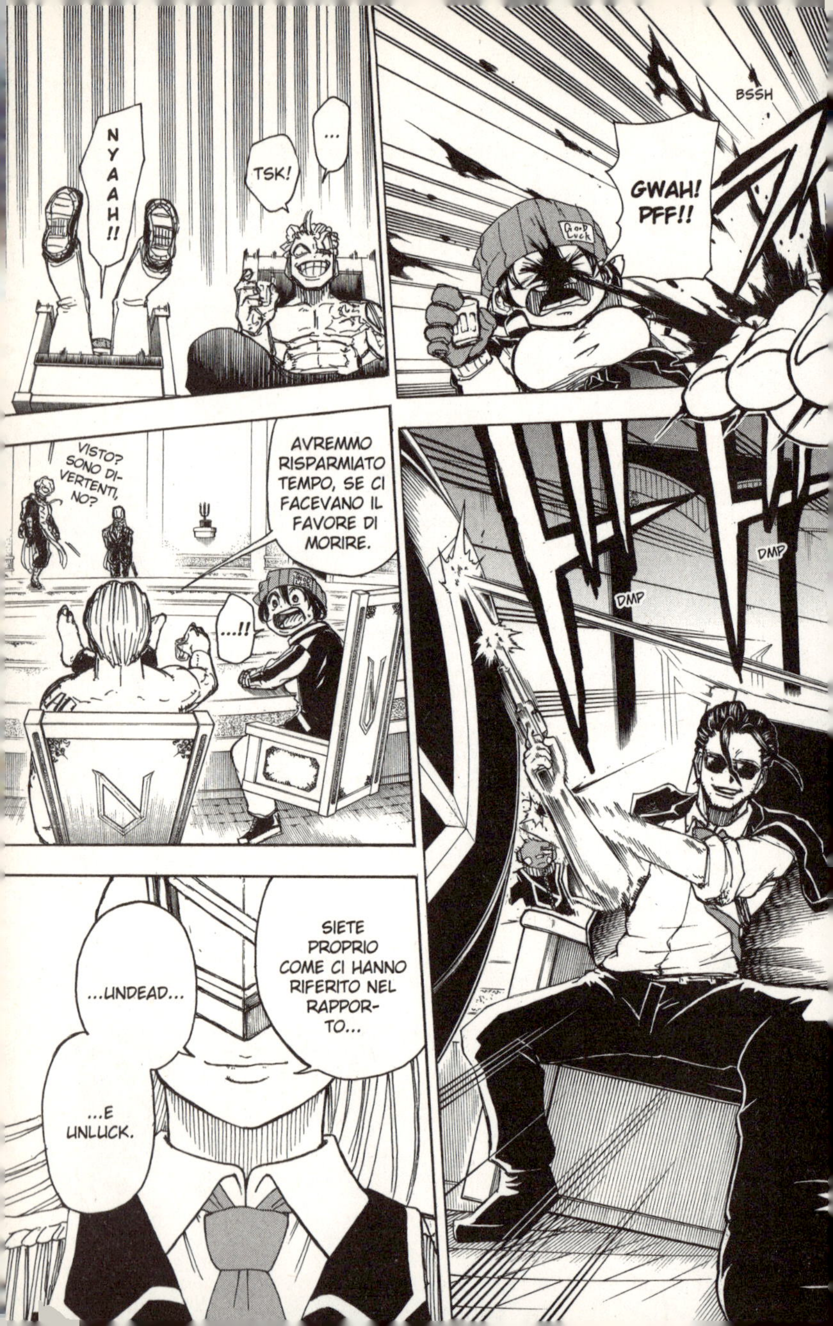
BSSH
GWAH! PFF!!
...
TSK!
NYAAAH!!
DMP
DMP
AVREMMO RISPARMIATO TEMPO, SE CI FACEVANO IL FAVORE DI MORIRE.
VISTO? SONO DIVERTENTI, NO?
...!!
SIETE PROPRIO COME CI HANNO RIFERITO NEL RAPPORTO...
...UNDEAD...
...E UNLUCK.

BSSH
FACCIAMOLI FUORI!
DMP
DMP
DMP
DMP
DMP
DMP

MA DOVE...?
ANDY!!
CHOMP CHOMP
UH?! MA CHE...?!
PORGO I MIEI SALUTI.
EH?

X...
IX...
SALU...
...TE?!
SONO ARRIVATI PRIMA DI QUANTO PENSASSI.
186

SI TRATTA DELL'ORGANIZZAZIONE...
NON POSSIAMO PROVARE A CAMBIARLA... IO E TE?
IN MODO CHE NESSUN ALTRO DEBBA SOFFRIRE COME LA SIGNORINA GENA...!
BELLO! CI STO!!
COSÌ MI SARÀ PURE PIÙ FACILE SEDURTI.
D... DAVVERO?
MA... CI RIUSCIREMO?
パキ...
CREAK
パキ...
CREAK
TRA POCO DOVREBBERO VENIRE A PRENDERCI.
INNANZITUTTO, RACCOGLIEREMO INFORMAZIONI SULLA SITUAZIONE INTERNA DELLA UNION.
MA, COME PRIMA COSA, BRINDIAMO!
AH... OK!
ALLA SIGNORINA GENA...!
A-AH.
ALLORA...

AGIVA IN MODO CORAGGIOSO, MA...
...OGNI VOLTA CHE VENIVA A TROVARMI IN CELLA...
...SI TORMENTAVA PER IL FATTO DI DOVER UCCIDERE PER VIVERE...
...E DICEVA CHE AVREBBE PREFERITO MORIRE.
ALLORA IO LE DISSI CHE SE VOLEVA CREPARE COSÌ TANTO...
...LA PRIMA COSA CHE AVREI FATTO, APPENA USCITO DI LÌ, SAREBBE STATO UCCIDERLA.
"DAVVERO?! HAI PROMESSO!!"
ORA CHE CI PENSO...
...FORSE DICEVA SUL SERIO.
LA TUA SFORTUNA HA SALVATO GENA.
...
GRAZIE.
ANDY... RIGUARDO AL FAVORE DI CUI TI PARLAVO...
A-AH ...?

* TRA I SEGNI < > I PERSONAGGI PARLANO IN RUSSO. N.D.E.

ANDY...
CHE C'È...?
1865
HO UN FAVORE DA CHIE-DERTI...

...SENZA PROBL...
SMETTILA... NON RIDOTTA COSÌ...
SCEMA.
DUE O TRE RUGHE...
...NON POSSONO CAMBIARE IL TUO FASCINO.
186

IL TUO DIPINTO...
...ERA BELLISSIMO...
QUELLE COSE SCINTILLANTI INTORNO ALLA LUNA...
NON CI AVEVO MAI NEPPURE PENSATO.
IO NON SONO STATA IN GRADO DI FARLO, MA...
...FORSE, CAMBIARE...
...NON È POI COSÌ MALE...
ANDATE ORA, L'ANTIRUGHE STA PERDENDO IL SUO EFFETTO...
NON VOGLIO CHE MI VEDIATE IN QUESTO STATO...
STATE TRANQUILLI... CON QUESTO POTRETE ENTRARE NELL'ORGANIZZAZIONE...
WUSH

COUGH!
DI CERTO, UN GIORNO AUMENTERANNO LE REGOLE...
...E IL MONDO CAMBIERÀ DRASTICAMENTE.
IO ERO CONVINTA CHE IL NOSTRO DESTINO...
...FOSSE DI FARE IN MODO CHE IL MONDO NON CAMBIASSE...
MA FORSE MI SBAGLIAVO, EH...?
...NON È MAI CAMBIATO NIENTE.
NÉ IL MONDO...
...NÉ IO.
1865
1865

PSSH
NON LE HO DATO IL COLPO DI GRAZIA, MA NON LE RESTA COMUNQUE MOLTO TEMPO.
OH, NO...
EH EH...
...
NON TI ERI PREPARATA AL PEGGIO, QUANDO SEI ENTRATA IN BATTAGLIA?
...!!
EH EH...
VA BENE COSÌ!
ANCHE PER ME, ALL'INIZIO, ERA LO STESSO.
VOLEVO CAMBIARE...
EH?
SONO ENTRATA NELL'ORGANIZZAZIONE E HO LAVORATO COME UNA PAZZA.
HO CATTURATO E UCCISO MOLTE PREDE.
SIA UMANI CHE BELVE... MA...

CIAO.
ASPETTA!!
PTEWW
AH...
AAAH...

FSSSSSH
GHAH!
COUGH!
CHOMP
STHUNF
USERÒ IL MIO BRACCIO COME CANNA PER IL PROIETTILE.
PUOI INDURIRE LO SPAZIO INTORNO A ME QUANTO VUOI, MA NON TI SERVIRÀ A NIENTE...
È STATO DIVERTENTE, GENA.
EH EH!
PORCELLO!

バシャアアン
SPLASSSH
SPLUFF
ザバァッ
PUAH! PANT!!
IL POTERE SI È DISATTIVATO...? QUESTO SIGNIFICA CHE...
!
SIGNORINA GENA...!!

ZWOOOM
DMM
DMM
DMM
SHWOOO
...
A...
ANDY...
SPLASH
?!

DMM
DMM

LA TUA BARRIERA È COMPOSTA D'ARIA.
FLASH
LA LUCE PUÒ ATTRAVER-SARLA.
UNA SFORTUNA CHE HA A CHE FARE CON LA LUCE...!!
LADY GENA! IL DISCO SI STA TRA-SFORMAN-DO DA SOLO...!
DA DOVE ESCE QUEST'AR-MA...?! ARRESTO DI EMER-GENZA!!
È INUTILE! LO RI-FIUTA!!
O LA VA O LA SPACCA...
PUNTO TUTTO SULL'UFO!
GWEEEEN
!
UH?

DAI, MORIAMO CAMBIA-MO...
...GENA!
CON TUTTA PROBABILITÀ, FINCHÉ LA SFOR-TUNA AGISCE AL-L'ESTERNO DELLA BARRIERA, NON POTRÒ SCON-FIGGERTI.
ANCHE SE CADESSE UN METEORITE, NON POTREBBE INFRANGERE LA TUA BARRIERA IMMUTABILE.
MA ORA CHE SONO DENTRO...
...ARRIVERÀ UNA SFORTU-NA ABBASTANZA FORTE DA UCCI-DERMI PER-SINO QUI.

No.008
Ti piaccio, se cambio?

UNDEAD UNLUCK

CONTENTS 02 Noi neghiamo

UN CHANGE
[Immutabile]
GENA
Dotata del potere Unchange, che nega il cambiamento della forma. Eterna sedicenne che ha un'ossessione per Andy.
UN
[Confidential]
SHEN
External-targeting Negator di tipo costrittivo. Prende in simpatia Andy e Fuko e li raccomanda all'organizzazione. Il suo potere e le sue motivazioni sono sconosciuti.
[Confidential]
UNION
UNION
Organizzazione per il controllo degli UMA e dei fenomeni non identificati. Al suo interno c'è una squadra speciale di dieci Negator. Il suo obiettivo e il numero totale dei membri restano un mistero.
ORGANIZZAZIONE PER IL CONTROLLO DEI FENOMENI NON IDENTIFICATI

UNDEAD UNLUCK

CHARACTER

UNDEAD

[Immortale] ANDY

Dotato del potere Undead, che gli conferisce un corpo immortale, fa coppia con Fuko per ottenere la "vera morte". Ha grandi capacità di combattimento grazie al superpotere di rigenerazione che può usare a volontà in varie parti del corpo.

UN LUCK

[Sfortuna] FUKO

Dotata del potere Unluck, che porta sfortuna a chi la tocca. Ha evitato il contatto con le altre persone per molto tempo, ma non appena si è rassegnata a farla finita (dopo aver letto la conclusione del suo manga preferito) ha incontrato Andy.

STORY

Decisa a farla finita a causa del suo potere che attira la sfortuna, la giovane Fuko Izumo viene salvata dal misterioso Andy, dotato di un corpo immortale e in cerca del modo per porre fine alla sua vita. La bizzarra coppia deve però fare i conti con la Union, l'organizzazione per il controllo dei fenomeni non identificati, che punta a eliminarli in quanto Negator, soggetti che negano le regole del mondo.
Tuttavia, nella Union esiste una squadra speciale di dieci Negator, che in virtù del loro servizio non vengono braccati. È presto detto: Andy e Fuko decidono di entrare in quel team per liberarsi dei loro inseguitori, ma per farlo, devono eliminare due membri per occuparne il posto vacante. Dopo aver sconfitto Void, il nuovo avversario è l'hunter dotata del potere Unchange, Gena, colei che cinquant'anni prima aveva catturato Andy.

UNDEAD
UNLUCK
1865
02
Noi
neghiamo
Yoshifumi Tozuka